KING ARTHUR
AND THE KNIGHTS OF THE ROUND TABLE

亚瑟王
与圆桌骑士

[英]马丁·J.多尔蒂 著   唐馨明 译

SPM
南方传媒   广东人民出版社
·广州·

目录

引　言
神话与传说

亚瑟王是西方世界最著名的人物之一，鲜少有人没听过他和圆桌骑士的传说。他们的悲剧故事被重新叙述、构想了无数次——很可能不同版本的故事会有好几个矛盾之处。

左图：加拉哈德爵士（Sir Galahad）是典型的游侠骑士，是"绅士的基督徒骑士"的理想化身。然而，这一元素后来才增添到亚瑟王神话中，故事的早期版本与此大相径庭。

我们几乎没人知道这些传说的起源，也没人知道故事背后确切的真相，当然，前提是这段引人入胜的传奇故事中真的隐藏着一个真相。

我们大多数人对亚瑟王及其骑士团的生平和事迹只有一个模糊概念，却可以说出一些关键元素。比如，我们知道亚瑟是不列颠的一位伟大国王，他保卫王国，抵御敌人入侵；知道他的妻子桂妮维亚（Guinevere）和骑士团的第一勇士兰斯洛特（Lancelot）有过一段私情；知道有个叫梅林（Merlin）的巫师，有个叫摩根·勒·菲（Morgana Le Fay）的女巫，还有个叫莫德雷德（Mordred）的死敌；还知道亚瑟以惨烈的方式击败劲敌时身受重伤，但他并未死去，而是被带走且陷入沉睡，直到人们需要他时才会再次出现。此后，王国也因某些缘由走向没落。

这也许是亚瑟王传奇的经典版本，但不是其中所有元素都会出现在其他版本中。亚瑟王传奇故事的起源十分复杂——融合了历史、神话和天才想象力。也许正是因此，亚瑟王才如此引人注目，他诠释着我们对神话的理解，而他的故事又与历史真相呼应。

亚瑟王及其骑士团的经典传说给许多人留下了铁甲骑士的印象。而电影对这个故事的重述又加深了人们对这位铁甲战士的视觉印象，他身穿铁甲、佩戴纹章、始终遵循骑士准则。然而现实——如果真有这么一位人物存在——可能会大不相同。

事实与虚构

电影版亚瑟王传奇通常以好莱坞版的中世纪晚期为背景，但相关经典文学作品各版本的背景迥异。如果黑暗时代（Dark Ages）① 早期存在"骑士团"这一概念的话，那在以此为时代背景的故事中，骑士团的盔甲和装备会大不一样。亚瑟王带领的身着铁甲的骑士团可能与北方或撒克逊战团十分相像，也可能完全是其他样子。

在其他历史资料和不列颠以外地区流传的神话中，也出现了与亚瑟王极为相似的英雄。亚瑟王的传说可能是一种普世神话——相似的故事在没有任何文化关联的不同地方出现。这是因为故事通常是基于经验产生的，并通过想象得以充实。大多数文化中都有关于洪水泛滥的故事，这并不奇怪，因为大多数人都傍水

---

① 欧洲启蒙运动思想家对中世纪的称呼。

而居。

同样，一位英雄领袖抵御外敌入侵，又不得不与其追随者的阴谋动乱做斗争的故事也可称为普世故事。历史上伟大的国王不胜枚举，但很少有人的统治生涯能一帆风顺。也许，任何一种文化中都有亚瑟王式的传奇故事。

然而，今天的亚瑟王传说更可能是文化碰撞与融合各种故事的结果。如果是这样，中东某地一位伟大国王的故事可能会与一个古代不列颠君主的故事相融合，最后创造出一个杂糅了两者内容的神话传说。考虑到一个好故事的吸引力，杂糅的部分可能是故事的精髓，其他不合适的历史真相都将被摒弃。

编织有趣故事

故事往往在人们的反复讲述中不断演变，任何作者都不可避免地会在叙述中有自己的偏重点。坚定的基督徒可能会强调亚瑟王对教会的虔诚和尊重，而其他作者

下图：这个故事的某些版本认为亚瑟出生时，巫师梅林在场。

上图：兰斯洛特爵士是亚瑟王骑士团的第一骑士，但他也是个有着严重缺陷的英雄。罪恶的本性使他无法在圣杯所在的凶险教堂见证奇迹发生。其他更虔诚的骑士完成了寻找圣杯之旅。

可能对超自然元素更感兴趣。最终，故事演变出不同版本，而这还没有把刻意的重新构想包括在内。

亚瑟王传奇中的人物形象引人注目，背景丰富多彩，为创作故事的新版本提供了理想的背景设定，任何新版本中都可能添加全新的元素。马克·吐温（Mark Twain）1889 年的小说《康州美国佬大闹亚瑟王朝》（*A Connecticut Yankee in King Arthur's Court*）讲述了一位时空旅行者的故事，掌握现代科技知识的他比中世纪迷信的人更具优势。近一个世纪后，一部类似设定的电影以亚瑟王的宫廷为背景，讲述了一个穿越时空的宇航员与其机器人同伴的故事。

这种性质的故事绝不是对亚瑟王传奇的复述，它们只是把熟悉的背景设定作为新故事的载体。但背景和人物都取自原始故事——虽然不够明显——并且倾向于遵循关于亚瑟王时代的背景的流行概念，而不是费尽心思让故事符合现实主义或忠实于原始故事。

近年来，亚瑟王传奇得到了不同处理。一些版本试图讲述亚瑟与其同伴的"真实故事"，并且基于其中一个可能是亚瑟原型的人物展开。这些故事倾向于做出可靠尝试，真实地描绘出那个时代的现象和感觉。因此，我们看到的亚瑟更像是位野蛮王子，而不是一个完美基督徒骑士，生活在一尘不染的卡米洛特宫廷。

其他版本的故事更接近流行概念，以伪中世纪为背景，包括纹章、比武大会和诸如此类的常见元素在内。这些版本通常采用默认的亚瑟王时代的背景，因为观众对此已经耳熟能详，所以不需要再过多解释。如果观众熟悉背景设定，那么他们就有更多时间关注剧情发展和角色塑造。

这种方法使亚瑟王时代的背景迎合了故事讲述者的需求，在这一背景下，他们讲述全新的故事，或至少是对传统故事情节的新诠释。电视连续剧《梅林传奇》（*Merlin*）背景设定在亚瑟王的青年时代，并采用观众熟悉的角色，以新的方式演绎了一个围绕年轻的亚瑟和梅林之间的关系展开的故事。

任何连续电视节目都不可避免地会在底本故事上稍微偏离或有所增加，事实上，这并不是什么新鲜事。亚瑟王故事从已知最早的版本出现以来，就一直在发展变化，而早在此之前，别的传说故事就已经融入亚瑟王神话中了。

因此，现代亚瑟王传说可能与十个世纪前流传的故事截然不同，而未来讲述的版本也可能与我们现在的版本大相径庭。人们可以在各种版本中找到历史真相，有

上图:《国王叙事诗》中的一幅插图,是阿尔弗雷德·丁尼生对亚瑟王故事的诗意再现。这部作品是现代社会对亚瑟王神话兴趣复燃的体现之一。

上图：湖中仙女送给亚瑟一把断钢圣剑（Excalibur）作为礼物，这是亚瑟王故事中最著名的情节之一。然而，原始故事并无此情节，而且亚瑟的剑原先称作石中剑（Caliburn）。

些史诗般的故事也可能直接来自作者的想象。

　　亚瑟王经常被称为"永恒之王"，也可以说，他是当之无愧的永恒的传奇。未来世世代代都将不断重述亚瑟王的传奇故事，而故事也将不断演变，直到变得无法辨认。鉴于有些版本之间存在巨大差异，我们可以合乎情理地认为这种情况至少已经发生过一次了。

第一章
真正的亚瑟王

历史学家已经确定了一些可能是亚瑟王原型的历史人物——在动荡时期至少保卫了不列颠的部分领土，并建立了一个远近闻名的王国。

左图：这幅中世纪亚瑟王画像中的多个王冠表明，亚瑟是地位高于不列颠其他小王的至尊王（High King），而不是现代意义上一个统一国家的统治者。

这些人物包括早期的不列颠战争领袖，他们可能是凯尔特人出身；可能是一位罗马裔不列颠骑兵指挥官，在罗马士兵撤离群岛后，竭尽全力保护他的人民；也可能是后来的国王们，他们也许更符合经典版本中的亚瑟王形象。

有些传统的凯尔特传说也围绕着一个与亚瑟王原型十分相似的人物展开。这些故事中的神秘元素很可能就是某些亚瑟王传说中超自然部分的起源。由于几个世纪以来，传统的凯尔特民间传说一直是西方文化中的一部分，当它融入亚瑟王的故事中时，让人倍感熟悉，而且听起来也很真实。

因此，亚瑟王传奇似乎融合了真实事件和神秘民间传说，同时很大程度上受到了基督教的影响。这并不是一夜之间发生的，今天许多亚瑟王传奇的版本都是历经无数次重述，以及间或有人锲而不舍地重新诠释发展而来的。大部分故事情节都源自关于欧洲传奇和半历史事件的中世纪文学作品，统称为"不列颠、法兰西和罗马题材"（Matters of Britain, France and Rome）。

这三组文学题材有相似之处。"法兰西题材"（Matter of France）大部分内容都与圣骑士的功绩有关，"圣骑士"这个词现在通常用来指英勇的骑士——他们在查理大帝（Charlemagne）与摩尔侵略者交战时为查理大帝效力。这些故事中最著名的当属《罗兰之歌》（*Song of Roland*），这是一个以公元778年前后发生的历史事件为原型的悲剧。罗兰和圣骑

左图：罗兰（Roland）（图中人物）和圣骑士的故事与亚瑟王的故事有很多共同之处，是中世纪文学的主体部分，被称为"法兰西题材"。

上图：纳瓦拉国王宫殿（Palace of the Kings of Navarre）的雕饰纪念罗兰与摩尔巨人骑士菲尔格特（Farragut）的战斗。菲尔格特只有一个弱点——他的肚脐。经过旷日持久的战斗，罗兰用长矛刺穿了他的肚脐。

士为了掩护大部队撤军，在保卫龙塞斯瓦耶斯隘口（Roncevaux Pass）时阵亡。

　　与亚瑟王的故事一样，《罗兰之歌》也是事实与虚构的融合。这场战斗很可能真的发生了，英雄事迹也确实存在。后来的版本中增添了英雄圣骑士元素，在某些版本中，其中一个圣骑士是巫师——使故事超越历史进入神话领域。事实上，"圣骑士"一词现已用来指作为美德典范的战士，通常是绅士的基督徒骑士，也可能是虔诚的邪恶斗士。然而，这个词最初与美德无关。

　　效忠于查理大帝的 12 名圣骑士都是高级贵族，他们的头衔可能源自拉丁语"palatinus"，含有统治权的意思。在不列颠，有些地区被确立为半自治区，只要这些地区的领主履行了国王规定的义务，就可以按照自己认为合适的方式对其进行统治。达勒姆郡（County Durham）是诺曼征服（Norman Conquest）早期建立的一个巴拉丁郡（County Palatine）①，旨在保护不列颠其他地区免受苏格兰人的侵扰。

---

① 御准特权郡，指其领主拥有类似于国王的权力及司法管辖权的郡。

"罗马题材"是对置于伪中世纪时期的古典神话的重新演绎。

兰开夏郡（Lancashire）于 1351 年被设为巴拉丁郡。

因此，这些圣骑士极有可能是负责地区治理的高级贵族，但这无法说明他们是否虔诚或品性如何。根据《罗兰之歌》，他们为了保护撤退的军队战斗到最后，通过牺牲自己挽救了许多生命，也赢得了永恒的荣誉。也许正是在这种自我牺牲和丰功伟绩的双重推动下，"圣骑士"一词才有了新的含义。这个词象征着英雄主义和美德，已经被用来形容亚瑟王的圆桌骑士团，即使他们中很少有人会成为巴拉丁郡的统治者。

尽管《罗兰之歌》及其相关故事在今天不如亚瑟王传说那么广为人知，但"法兰西题材"也曾远近闻名，而且极受欢迎，也许与亚瑟王传奇一样家喻户晓。圣骑士的事迹和圆桌骑士的事迹有一些相似之处，两个故事本身也很相像。"法兰西题材"和"不列颠题材"讲述的都是民族英雄主义的故事（尽管当时还没有现代意义上的国家），并且构成了这些民族文化的一部分。

"罗马题材"（Matter of Rome）则有些不同，它对古希腊和古罗马神话的重述充满了时代错乱感，故事中各种中世纪概念取代了历史的真实细节。战士们被重新塑造成骑士，比武大会和其他纯粹的中世纪概念被加入其中。这一主题主要取自古代诗人荷马的作品，目前尚不清楚他的诗歌在多大程度上反映了历史事实。荷马创作之时，距离他所描述的事件已经过了好几个世纪，实际上，他从自己收集的古老传说中创造出一种新的叙事。用现代的话说，"罗马题材"是对置于伪中世纪时期的古典神话的重新演绎。

同样，"不列颠题材"（Matter of Britain）取材于历史资料、传统故事和大量凯尔特神话。其中一个基本主题是古时期特洛伊战争英雄们的到来，这不仅是某些凯尔特神话的特色，也在一些记载这些英雄的威尔士贵族后裔的伪历史材料中有所体现。在许多情况下，这些著作将已知事实和编造情节有趣结合，王室血统从真实存在的人追溯到几乎是神话里的祖先。现在我们已经无从得知历史逐渐演变为神话的确切时间。

虽然亚瑟这个人物至关重要，但"不列颠题材"并不仅仅讲述了亚瑟王及其骑士团的故事。在中世纪文学中，亚瑟是古代不列颠国王，他保卫王国免受撒克逊侵

略者的侵扰。这一时期是公元 5 世纪或 6 世纪，是罗马在不列颠统治结束后的一段
时间，因此这一时期有时又被称为黑暗时代，而不是大多数关于亚瑟王的电影中所
描绘的中世纪鼎盛时期。

上图：罗马人入侵不列颠时，最初遭到当地部落的强烈抵抗，但不列颠人缺乏必要的团结，未能阻止罗马人掌权。许
多部落是罗马人通过政治或经济手段而不是军事力量所征服的。

罗马的影响

目前尚不确定罗马是何时开始对不列颠产生影响的。公元前55—前54年盖乌斯·尤利乌斯·恺撒（Gaius Julius Caesar）的远征并没有带来什么重大影响，但在此之前，不列颠与欧洲大陆的往来接触早已司空见惯。不列颠人与其欧洲大陆同胞关系密切，在罗马征服不列颠之前，他们就是通过这些同胞与罗马产生联系的。

在接下来的几十年里，罗马帝国谋划了对不列颠的侵略，并与各个部落达成协议，将它们纳为帝国附庸，最终趁不列颠政治局势混乱时成功入侵。部落之间的争端为罗马吞并不列颠群岛创造了良机，公元43年，罗马军队顺利登上不列颠岛。尽管最初遭到了抵抗，但罗马依旧征服了不列颠南部，并逐渐将其边境向北部和西部推进。

彼时，甚至在随后的几个世纪里，还没有形成不列颠是一个国家的概念。不列颠岛上众多部落各有其领土，在人们观念中占主导地位的是部落忠诚，而不是任何王国或地区的概念。这种部落主义在罗马统治下依旧存在，但随着不列颠人逐渐罗马化，部落主义在一定程度上也受到了侵蚀。

公元410年左右，罗马军队从不列颠岛撤离，以保卫离罗马本土较近的领土，在此之前，罗马统治下的不列颠一直是罗马帝国的一个行省。当然，不列颠群岛的部分地区拒不臣服于罗马人，喀里多尼亚（苏格兰）各部落很大程度上成功抵御了罗马的入侵，而希伯尼亚（爱尔兰）则完全不受罗马掌控。

右图：虽然战车在欧洲大陆已经过时，但古代不列颠人充分利用了其机动性。战车部队本质上结合了骑兵的机动性和自由作战的能力，战士可以跳下战车徒步作战，在局势不利时返回战车。

罗马军队入侵时，不列颠人使用战车充当骑兵。虽然这种做法在其他地方已经过时，但在不列颠群岛仍旧得以保留，并获得了些许成功。罗马化给不列颠带来了更多的军事技术，比如骑兵，公元175年，罗马在不列颠部署了一支萨尔马提亚骑兵部队。萨尔马提亚位于黑海以北，大致是现代乌克兰所在地。

那个时代没有一个不列颠国家的概念，部落忠诚占主导地位。

战争中的萨尔马提亚人

罗马帝国和萨尔马提亚人之间的战争结束后，根据和平条约，这支萨尔马提亚骑兵部队被派往不列颠。和解协议的一部分是（萨尔马提亚）同意提供军队，其中大部分战士被派往不列颠。最初共部署了5500人，在那个时代，这是非常不容小觑的军事力量。众所周知，军队的大部分人员在后来几年撤出。

萨尔马提亚骑兵部队在今天兰开夏郡的里布切斯特（Ribchester）获得了一个定居点，老兵们在此安顿下来。除了他们的军事贡献，这些骑兵还带来了他们的传统和神话。其中有一个故事，讲的是一个国王的骑兵队拥有一个魔法杯，只有最优秀的人才可以使用。这个魔法杯，也就是纳尔特人的魔法杯（Nartyamonga）①，与亚瑟王传说中的圣杯极为相似。

不列颠的亚瑟王和萨尔马提亚神话中的英雄巴特拉斯（Batraz）还有其他相似之处。亚瑟的遗愿是把他的剑扔进湖里，这与萨尔马提亚传统如出一辙，在一些中世纪图画中，亚瑟作战举的旗帜与传统萨尔马提亚的战旗十分相似。有趣的是，在现在的法兰西地区也有类似的故事，可能是公元375年左右阿兰部落的人定居于此的缘故。然而，在这些故事中，兰斯洛特取代了亚瑟，成为故事的主人公。

亚瑟王的原型之一可能是一个名叫卢修斯·阿托里乌斯·卡斯特斯（Lucius Artorius Castus）的罗马士兵。在他职业生涯后期，大约公元181年，阿托里乌斯成为萨尔马提亚骑兵的指挥官，他们是罗马占领军的辅助部队。这支部队抗击了入侵的喀里多尼亚部落，并作为应急"消防队"处理其他麻烦。该部队还被部署到高

---

① 来源于高加索地区的纳尔特叙事诗。

上图：罗马人是优秀的组织者，他们在里布切斯特的堡垒遵循标准模式，使固若金汤的防御与高效的后勤保障相得益彰，像许多类似的堡垒一样，它成了在周边定居的退伍士兵社区的中心点。

卢北部的阿莫利卡（Armorica）以应对该地的暴动。这些迅疾的铁甲骑兵给人们留下了非常深刻的印象，甚至在几个世纪后，即便那些讲述他们英雄事迹的故事已经失真，也依旧为人们所铭记。

从这个版本的事件中产生的联想是这种信念，龙旗是这些战士的象征。这也就解释了"潘德拉贡"（Pendragon）这个名字与亚瑟王有关的原因，尽管如此，现在都没有真实证据。事实上，几乎没有历史证据表明阿托里乌斯如这个传说所描述的那么重要。历史上确有其人，并且他曾一度担任过罗马一个行省的总督——尽管该行省距离不列颠十分遥远——但没有记载他曾领导骑兵赢得过丰功伟绩。

无论阿托里乌斯是不是亚瑟王的原型，跟他有关的萨尔马提亚骑兵传说与亚瑟王的故事确实有一些相似之处。这些故事中的英雄大多与世俗的敌人作战，但也曾与超自然生物对抗。在萨尔马提亚传说中，英雄巴特拉斯的魔法剑是从树根部拔出所得。在临死之际，他请一位朋友把剑扔进海里。与亚瑟王系列故事中的情节一样，尽管他的朋友不想扔剑，但最终还是答应了。

右图：卢修斯 · 阿托里乌斯 · 卡斯特斯在不列颠完成任务后，被授予在利伯尼亚城（Liburnia）的高位，利伯尼亚城在现在的克罗地亚（Croatia），也是他的终老之地。当地有纪念碑纪念这位与亚瑟王相关联的人物，这得到了许多历史学家的支持。

左图：如图拉真凯旋柱（Trajan's Column，公元2世纪）所示，萨尔马提亚骑兵身穿特有的鳞甲。鳞甲由固定在厚背衬材料上的小型重叠金属鳞片组成，能有效防护大多数武器的进攻。

铁甲战士

萨尔马提亚骑兵可能包含轻甲弓骑兵和装备长矛的轻骑兵，但主要进攻力量是重骑兵，或称作铁甲骑兵。他们身着鳞甲，这种盔甲由许多小金属片（鳞片）构成，附着在皮革等背衬材料上，鳞片重叠覆盖以防止出现缺口。战马也有类似的盔甲。虽然鳞甲提供了极好的防护，但更为笨重，不如锁子甲（chain mail）灵活。然而，这并不妨碍铁甲骑兵有效地运用他们的武器。

驻守罗马的萨尔马提亚铁甲骑兵在马背上用长矛作为主要武器，辅以剑和
匕首。他们还会携带一种复合弓，用弓射箭能削弱敌人防御，然后就能用长矛
和剑直捣敌人老巢。毫无疑问，这些强大又全能的骑兵在战场上是一股可怕的
军事力量。随着部队最初的萨尔马提亚成员退伍或回家，他们会雇用当地人来
填补空位。

当罗马军队撤离不列颠时，萨尔马提亚军队可能依旧存在。如果是这样，
他们的传统则会跟武器、装备和战斗风格一起得以保存下来。萨尔马提亚神
话，如巴特拉斯和他的剑，会被当地文化吸收传承，并为凯尔特人和罗马神话
增添一份色彩。"真正的亚瑟王"也有可能是罗马撤军后余下的萨尔马提亚铁
甲骑兵的领袖。

撒克逊人的到来

大约在公元 410 年，罗马军队离开了不列颠，而撒克逊突击队已经带来越来越
大的压力。撒克逊人刚开始遭到罗马人和罗马裔不列颠军队的抵御，无法定居不列
颠，但到了公元 450 年左右，撒克逊人控制英格兰东南部分地区的势头已经无可阻
挡。这一天被称为"撒克逊人的来临"（Adventus Saxonum）或"英格兰人的
到来"，在这一情况下，撒克逊人通常又叫作英格兰人。

撒克逊人在不列颠定居后，由于越来越多盎格鲁 – 撒克逊人来到不列颠，征
服新的疆域，并吸纳当地居民，撒克逊人的统治领域不断扩张。历史学家对于盎格
鲁 – 撒克逊人究竟是大规模移民到不列颠，还是接二连三小规模迁徙至不列颠的
问题存在分歧，但可以肯定的是，随着时间的推移，撒克逊人控制的地区不断扩大，
他们可以派遣的战士数量也不断增加。

以前大家普遍认为这是一个文明崩溃的黑暗时代，每个人都生活在暴力苦难
中，这种误解现在已经不像过去那样盛行了。事实上，在作为罗马行省期间，不列
颠已经变得相对和平文明，可以说这是不列颠未能成功抵挡撒克逊人的原因之一。

圣吉尔达斯（St. Gildas）在公元 6 世纪撰文，将撒克逊人征服不列颠的主要原因归咎于不列颠社会上层的"奢靡淫欲"和自我放纵。

据圣吉尔达斯的文章和其他资料来源，撒克逊人同意作为罗马帝国的盟友（foederati），这是一个罗马概念，本质上意味着罗马帝国以外的野蛮人协助保卫帝国边境以换取报酬——保护不列颠人免受喀里多尼亚的入侵。这种安排最终破产，导致撒克逊人横行不列颠，随后又签订了新的条约。然而，随着撒克逊人的影响继续扩大，进一步的冲突也许本就无可避免。

事实上，撒克逊人或盎格鲁–撒克逊人有多种血统。最开始大多数是日耳曼人，但后来，任何来自撒克逊人所掌控的不列颠地区的人，可能包括大量不列颠本地人在内，都可以统称为撒克逊人。到公元 5 世纪末，尽管还有其他来自海外的人不断加入，这些撒克逊人已经在不列颠扎根，可以被认为是土生土长的本地人了。

撒克逊人取代了喀里多尼亚人，成为古代不列颠人最大的威胁。

上图：入侵不列颠的撒克逊人实际上是数个日耳曼民族，包括盎格鲁人、撒克逊人和朱特人。他们的风俗习惯和衣着服饰十分相似，不列颠人普遍将他们视为一个群体。

　　值得注意的是，此时的不列颠仍在使用罗马军事装备，并分发给其盟友撒克逊战士。然而，随着时间的推移，罗马的影响逐渐减弱，取而代之的是一种新兴的不列颠文化，它把罗马－不列颠文化的影响，旧凯尔特的观念与欧洲大陆撒克逊入侵者带来的思想结合在了一起。

　　随着入侵者一同而来的还有他们的语言。当罗马军团回国时，学术界使用拉丁语的传统并没有在不列颠消亡，但主要语言是起源于凯尔特语的布立吞①语（Brythonic），不列颠大部分地区都说这种语言；在现在的苏格兰地区，（可能同支的）皮克特（Pictish）语更为普遍。布立吞语逐渐被盎格鲁－撒克逊人的语言取代，成为现在众所周知的古英语。布立吞语支在布列塔尼（Brittany）、威尔士（Wales）和康沃尔（Cornwall）等地区得以保存。

早期的亚瑟王？

　　一些早期亚瑟王传说中，他曾在5世纪末或6世纪初抵御撒克逊入侵者，保卫不列颠。当时没有钢板护甲，亚瑟王的战士们看起来也与大多数电影中描绘的骑士相去甚远。或者，罗马－不列颠时代遗留下来的装备早已不复存在，或者，亚瑟王和他的手下即使有马匹代步，也要徒步作战。

　　如果真是这样，他们会装备制作精良的剑、矛和长柄双刃的斧头。盔甲是锁子甲，或是由固定在软垫或皮革背衬上的小型金属鳞片组成的鳞甲。有些战士甚至可能拥有古罗马装备——如果精心保养，盔甲和武器可以使用很长时间。

左图：后罗马时代的不列颠战士与中世纪骑士各方面都大相径庭。他们是凯尔特部落的成员，身着五颜六色的衣服，使用制作精良的铁武器作战，与几个世纪前高卢人抗争盖乌斯·尤利乌斯·恺撒时别无二致。

---

① "布立吞"这个译名源自威尔士语的 Brython，意思是古代不列颠人。古罗马人亦称古代不列颠人为布立吞人（Briton），前述古代不列颠人原文均写为 Briton。

这些战士也不会遵循任何形式的骑士准则，这要在几个世纪后才会出现，同时出现的还有马上长矛比武和骑士比武大赛。他们会成为领主的亲密伙伴，可能既是朋友、家人，又是追随者，他们将组成一支精英战斗部队，因为他们已经习惯团队合作了。

那些期待骑士风度和纹章的人可能会误认为早期的布立吞战士是一群邋遢的野蛮人，但他们是先进复杂文化的捍卫者。他们可能不识字，但所谓的黑暗时代拉开序幕时，学问并没有就此消亡。这些人也许更平凡，没有那么多神话色彩，但他们依旧是当之无愧的英雄，坚定地保卫着人民。

这个时代的战争规模比罗马时代小。大多数战斗都是战团之间的小冲突，而不是军队之间的冲突。在这一时代，个人能力和号召力也许是胜负的决定性因素，正如团队精神是群体存亡的决定性因素一样。

有人认为，出于某种原因，这个黑暗时代的战士是无知小丑，他们不分青红皂白地互相攻击，导致有人受到伤害。同样，人们普遍误以为，大型笨重武器会使战士行动笨拙迟缓。事实上，军事艺术的某些元素确实已被废弃，也可能已被遗忘，但使用武器的技能仍然非常重要。

这些布立吞战士所使用的武器至少是经过精良锻造的，如果富有的战士能买得

下图：布立吞部落的典型武器是标枪和带金属盾突的盾牌。有钱人或许能买得起制作精良的称手好剑。

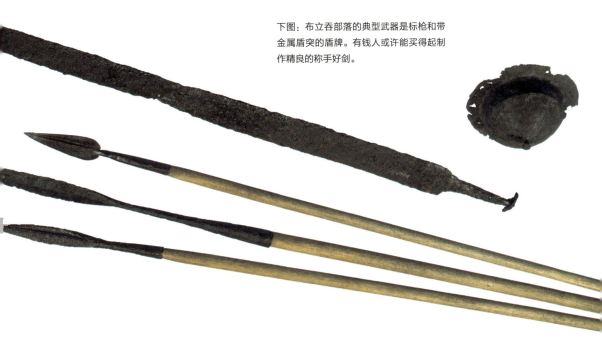

在一对一决斗中，6世纪的不列颠战士能与任何人匹敌。

起最好的剑，那他们的武器则更精良。至少对于经验丰富的战士或是那些以战争为业的人来说，他们是能够熟练运用这些武器的。像罗马军团一样，虽然接受复杂军事训练的日子已经一去不复返了，但武器技能仍在传承。

普通农民在战斗中可能不知道如何使用标枪——这是显而易见的——他很容易沦为训练有素的战士的猎物。那些战士确实存在，他们以首领的战团为基础构成了战斗力量核心，跟任何历史时期的战士一样，他们骁勇善战，至少在小规模战斗上是如此。一支管理得当的专业军队可以毫不费力地击败这支部队，但五六世纪的战士们在一对一决斗中足以与任何人匹敌。

显然，他们也能与撒克逊人一决高下。但不列颠人还是逐渐被击退了，与其说是因为他们被入侵者击败了，不如说是因为他们被各个击破了。如果不列颠人团结起来抵抗侵略者，情况可能会完全不同。然而，他们并没有团结一致，撒克逊人控制的区域也不断扩大。到了公元500年，不列颠人的处境已十分危急，他们被迫组成一个统一战线。根据传说，是亚瑟王领导的复兴。

巴顿山（Badon Hill）之战

虽然有历史记载一个名叫安布罗修斯·奥里利厄斯（Ambrosius Aurelianus）的人，但没有历史证据表明亚瑟领导了不列颠人联盟。奥里利厄斯似乎出身于一个罗马裔不列颠贵族家庭，他可能是一名基督徒。在他的领导下或者可能是在他的继任者的领导下，不列颠人在一系列重大战役中挫败了入侵者。其中最伟大的战役是巴顿山之战。

这场战役发生的地点和确切日期已经不得而知。可能的战役地址有萨默塞特郡（Somerset）、威尔特郡（Wiltshire）、苏格兰南部以及英格兰东南部的多个地点。在巴顿山之战的传说中，亚瑟亲手杀死了940名撒克逊人，不过上帝（God Almighty）助了他一臂之力。亚瑟在此次战役中大败撒克逊人，使其入侵进程被迫中止了近50年。

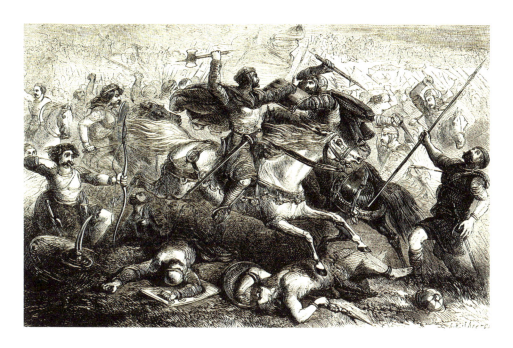

上图：人们用各种不同的方式描绘了巴顿山之战。然而对实际发生的情况知之甚少，现有的记录也不可靠。一个人单枪匹马地杀死近千名撒克逊人似乎不大可能。

到了7世纪初，撒克逊人控制了不列颠本土的大部分地区。

左图：到8世纪末，北方的商人已经开始抵达英格兰。不久，臭名昭著的维京人突袭开始了。在接下来的两个世纪里，从单一船只到搭载数千名战士的庞大舰队，这些突袭的规模不断扩大。

尽管这些布立吞战士为保家卫国已经做出巨大努力，撒克逊人领域的扩张仍在继续，最终不列颠被完全占领。公元 577 年，撒克逊的威塞克斯国王（King of Wessex）打败了布立吞军队，控制了现在的格洛斯特郡（Gloucestershire）、萨默塞特郡和牛津郡（Oxfordshire）地区。公元 615 年，又一次决定性战败迫使剩下的不列颠人逃往欧洲大陆（主要是布列塔尼地区）、苏格兰、威尔士和康沃尔。至此，不列颠的大部分地区的主导文化已经是盎格鲁 – 撒克逊文化。

值得注意的是，在这个版本的事件中描述的，亚瑟所说的语言及其所属文化在不列颠大部分地区早已被取代，取而代之的就是后来的古英语。然而，撒克逊人统治地位的确立并没有统一不列颠群岛，也没有在人民中建立起统一的国家。在这方面，一切都没有改变——不列颠或英格兰仍然不是真正意义上的国家，因此，尽管有人可能被誉为"不列颠人之王"，但不列颠国王这一概念并不存在。相反，有几个小王国崛起，并时不时相互争斗。

早期的英格兰的王国

英格兰的撒克逊王国在性质上逐渐有了早期英国的雏形。基督教取代了侵略者的日耳曼异教，但这并不是一朝一夕间发生的。

公元 1 世纪时，基督教很可能就是通过罗马帝国占领的方式抵达了不列颠。起初，很少有不列颠人成为基督教徒，但随着时间的推移，基督教这一新的宗教逐渐获得了信徒。很可能在罗马撤军时，不列颠大部分人至少是名义上的基督徒。然而，基督教基本上被撒克逊入侵者的日耳曼宗教取代，直到公元 600 年后才得以复兴。此后，基督教再次成为不列颠的主流宗教，8 世纪时，不列颠修建了坎特伯雷（Canterbury）和约克（York）等大教堂。

从公元 793 年起，这些早期的英格兰的王国就受到了诺斯人①（Norsemen，所谓的维京人）突袭，并在抵御袭击过程中取得了不同程度的成功。诺斯人在袭击后建立了小规模定居点，然后企图征服不列颠。到公元 875 年，英格兰仅存的撒克逊王国只有威塞克斯了。尽管遭遇战败，威塞克斯国王阿尔弗雷德（Alfred，871—

---

① 指古代北欧操古斯堪的纳维亚语的人。

899年在位）还是发动了有力的反抗，阻止了诺斯人掌控不列颠。然而，诺斯人现在成为不列颠政治版图的一部分，并在不列颠群岛拥有自己的王国。

阿尔弗雷德国王因保卫家园、抵御入侵者而获得"大帝"的称号，但似乎从未有人将他视为亚瑟王的原型。不过，他的故事确实与亚瑟王传说中的一些关键元素相似，并且可能影响了后来的故事讲述者，将某些故事情节融入亚瑟王的故事中。他在有生之年并没有打败北方的入侵者，但他的孙子埃德雷德（Eadred，920—955年）统一了英格兰。

这种统一有时非常不稳定，还受到诺斯人进一步入侵的挑战。这些人跟不列颠人和撒克逊人一样，尽管很乐意使用马匹代步，但大部分是徒步作战。然而，诺斯人的社会也在不断发展，并最终衍生了下一批入侵者：诺曼人。事实上，诺曼人就是曾经保卫法国北部海岸地区的诺斯人，随后作为回馈，那里的土地被送给了他们。这样一来，法兰克国王实际上把诺斯人变成了新盟友，随着时间的推移，法兰克文化和诺曼文化融合在一起。许多诺曼人不是诺斯人的后裔，而是法兰克人，他们后来生活在新的诺曼社会的统治之下，并融入其中。

右图：虽然阿尔弗雷德大帝领导不列颠成功抵御了诺斯人的入侵，但他似乎不是"真正的亚瑟王"。然而，他确实为英格兰王国的统一奠定了基础。

上图：哈罗德以步兵为基础的英格兰军队在黑斯廷斯（Hastings）被诺曼弓箭手、步兵和骑兵联合击败。诺曼征服在英格兰开创了一个新时代，铁甲骑兵是当时战场上的主要力量。

诺曼骑士征服英格兰

1066 年，英格兰国王去世，留下三位王位继承人。其中一位是哈罗德·戈德温森（Harold Godwinson），他在英格兰北部击败了诺斯人哈拉尔·哈德拉达（Harald Hardrada）以保住王位，但随后被迫迅速向南进军，迎战第三位王位竞争者——诺曼底公爵威廉（Duke William of Normandy）。

哈罗德麾下的军队具有典型的英格兰特色，受到 1000 多年前甚至更早时候凯尔特战争的影响，那时罗马帝国还没入侵。同样还受到了诺斯人战斗风格的影响，其特点是以防御为主的盾墙战术。有些人使用弓，但大多数人使用标枪。精英侍卫——贵族和职业战士的私人侍卫手持长柄斧头和剑。

诺曼人采用骑兵作为主要攻击力量与之对抗。诺曼人入侵之际，军队的精锐部队骑上战马，装备长矛和剑，身着锁子甲。这些人现在通常被称为骑士，但"骑士"一词实际上起源于撒克逊语的"cniht"，意思是贵族的私人侍从。由于诺曼重骑

上图：早期的诺曼防御工事是用木头和泥土建造的简单建筑，但不久后他们就开始建造石头城堡，并随着时间的推移而逐渐推广。因此，引人注目的城堡代表了这种建筑的最终形式，而不是 1100 年时建筑的样子，比如诺森伯兰郡（Northumberland）的阿尼克城堡（Alnwick Castle）等。

兵是效忠于领主的战士，这个词完全适用于他们，但他们不会视自身为骑士，也不知道骑士守则。

诺曼人成功征服不列颠，既带来了语言上的变化，又创造了中古英语和以诺曼军事阶层为统治者的新社会秩序，还标志着铁甲骑兵作为不列颠卓越军事力量的时代再次降临，从而拉开了通常亚瑟王小说中描述的"骑士时代"的序幕。

当然，铁甲骑兵并不是战场上唯一的兵种，但他们是主要的攻击力量，是能够以最快速度交战的部队。少数重骑兵，甚至只是一名单枪匹马的铁甲骑兵，依旧凝聚着强大的军事力量，当然，这些精英战士同样是统治阶级的一员。

诺曼防御工事

诺曼人修建大教堂，既出于宗教原因，也出于将其作为一种控制社会的手段。高大雄伟、引人注目的建筑直抵天际，这一存在时刻提醒人们统治阶级的优越性，使农民恪守本分。他们还建造了许多防御工事。这些堡垒最初是基本的城寨城堡（motte and bailey castle），其主要防御结构位于一个土堆（motte）上，周围有一

上图：关于黑斯廷斯之战及其周边事件的大部分信息都是从巴约挂毯（Bayeux Tapestry）中推断出来的。人们对于某些元素的含义观点不一，如盔甲的确切设计和长矛的使用。

一小队铁甲骑兵代表了诺曼时代的强大军事力量。

条沟渠，外部区域（bailey）由木栅栏和另一条沟渠保护。

这类堡垒能提供的保护是有限的，但相较于完全没有防御工事而言，这已经是一个巨大进步。堡垒为驻扎在此的部队提供了一个安全基地，他们可以在那里休养整顿、储存粮食，且不易受到突然袭击。在诺曼时代，一小队身着锁子甲、骑在马背上的骑士已经是一支强大的军事力量，但如果夜间在营地遭到伏击，他们也和其他任何小型部队一样脆弱。而堡垒使这种突然袭击的可能性大大降低。

这种防御工事不仅是抵御进攻的物理屏障，还是一种心理威慑。防御工事不仅是领主力量的象征，也使突如其来的袭击或推翻当地领主的叛乱几乎不可能实现。成功概

率低是对潜在攻击者或叛军的一种威慑，因此，堡垒以不太明显的方式为维持安定作出了贡献。

当地居民建造的建筑与这些早期防御工事一样令人印象深刻，撒克逊岸堡通常外部围有沟渠和城墙，顶部是木制护栏。然而，随着诺曼新霸主巩固了对不列颠的控制，他们开始用石头城堡取代木制堡垒。城镇周围也开始出现石墙。用石头建造防御工事并不是什么新鲜事，但所涉及的工作量往往超出了撒克逊人的能力。

诺曼人能够召集人力并组织修筑石头城堡的这一事实，是他们势力强大的另一佐证。新的石头防御工事更是霸主掌控力的象征。尤其是为了跟上袭击或围攻储物基地的新技术的发展，城堡建筑艺术大大提升。虽然许多城堡与好莱坞中有着开阔内部空间的巨大防御工事的形象不相匹配，但在这段时间里，他们确实建造了一些引人注目的建筑。

身着闪亮盔甲的骑士？

最早出现在不列颠的铁甲骑士是诺曼骑兵，是在 1066 年出现的——比最可能是"真正的亚瑟王"晚了 5 个世纪。诺曼重骑兵尽可能骑马作战，使用长矛和盾牌。他们的剑是一种后备武器，在对付没有盔甲的敌人时非常有效，但对付同样的铁甲战士就没那么有用了。步兵和弓箭手辅助骑兵。

多年来，锁子甲一直是铁甲战士的标准防护形式，通常与头盔搭配使用，几个世纪来，头盔的设计也发生了变化。锁子甲能有效防护大多数武器的进攻，但这种盔甲很重，而且更重要的是，重量分布不均匀。盔甲的大部分重量落在使用者的肩膀和腰部，通过腰带将其收拢。

锁子甲给战士提供了很好的防护，既能防止武器穿透，又能分散武器的冲击力，使战士能更好地化解冲击，但锁子甲并不能使战士完全免受伤害。即使是不能穿透盔甲的攻击也可能导致骨折或其他创伤，使战士被迫退出战斗。身着锁子甲的战士加穿一件有衬垫的防御性衣物，可以减少所遭受的伤害，并能提供有效保护。这种衣物被称为软铠甲，那些没有其他保护措施的部队也将其作为盔甲单独外穿。

诺曼骑兵的主要武器是长矛，剑作为后备武器。

右图：锁子甲能有效抵御大多数武器的进攻，但其重量分布不均。对骑兵来说问题不大，但对步兵来说就成问题了。

板甲

板甲（plate armour）提供了更有效的防护，也能更均匀地分散重量。起初，在 13 世纪末，战士们身穿锁子甲，并将金属板绑在身体的某些部位上。在锁子甲不能提供良好防护的地方使用铰接的金属板，这一方法后来逐渐取代了强化的锁子甲。然而，直到 15 世纪初，全套板甲才出现。

板甲的重量分散效果比锁子甲更佳，并能比同等重量的锁子甲提供更好的保护。到了 15 世纪，板甲已经相当普遍，非骑士（装备基本相同，但没有贵族头衔或财产）的战士也可以大量使用板甲进行武装。身着板甲的战士或多或少能免受大多数武器攻击的伤害，除非对手以某种方式阻止他们移动，例如将其摔倒在地，然后趁他们无法动弹时猛击他们。因此，穿盔甲摔跤成为骑士训练的重要组成部分——一方面是为了能够有效攻击其他骑士，另一方面是为了自保，以免遭一群粗暴之徒的围困，动弹不得，并被他们趁机从盔甲铰链处刺伤自己。

左图：板甲变得越来越复杂，在不影响行动的情况下能提供出色防护。当然，板甲很笨重，穿着很累。

纹章

　　想要获得更好防御的欲望激发了许多创新。其中一种创新就是纹章，它采用金属片的形式附着在罩袍上。罩袍是 12 世纪时战士用来穿在盔甲外的衣物，设计五花八门，颜色也各种各样。白色在十字军中很受欢迎，因为太阳光照在盔甲上会发热，穿上白色战袍有助于降温。而随着骑士之间开始流行展示其手臂（arms）（实际上是臂上的徽章），罩袍会衬得徽章格外显眼，因此出现了"纹章"（coat of arms）一词。

上图：长矛碎片穿过了法兰西国王亨利二世（King Henri II of France）卡住而略微打开的头盔面罩，他因此逝世。垂死的亨利慷慨地原谅了他的对手蒙哥马利伯爵加布里埃尔（Count Gabriel of Montgomery），但蒙哥马利伯爵仍然觉得自己很丢脸。

板甲衣是额外的保护层，但同时也增加了骑士所穿盔甲的重量。战士们从来没有穿过这么笨重的盔甲，甚至不得不依靠绞车才能登上马背——这纯粹是编造的，但增加的重量的确会让人疲惫不堪，而且可能会给身陷敌人围困的骑士带来麻烦。

这种保护使骑士们可以在没有严重风险的情况下参加比武大会。这并不是说不会发生事故，一位法兰西国王尽管拥有最好的装备，还是死于一场比武事故。虽然在战斗中穿戴额外的铁甲板太过笨重，但是这使得比武能够在相对安全的情况下进行。这种专门用于比武的盔甲也可用于徒步作战。

为了对抗这种重甲防护，中世纪晚期的骑士可以利用一系列武器。他们的剑更像是随身携带的佩剑——虽然在对抗铁甲对手时几乎毫无用处，但总比什么都没有强。不过，使用佩剑在对付轻装便甲的对手时很管用。对付其他骑士则需要专用穿甲武器，如战锤或战镐，或者斧头、狼牙棒等重型工具。手持长矛（一种被牢牢固定在腋下，并用合适的马鞍支撑的长矛）在冲锋时也很有威力。

随着铁甲和武器不断改进，头部保护用具也在进步。1066 年的诺曼骑士戴的是带有鼻杠的敞面头盔。随着时间的推移，这种头盔逐渐演变成了桶盔，能覆盖整个头部，提供更好的防护，但代价是影响视野和通风。战士们在桶盔内通常戴有锁甲头巾或内衬兜帽，有时还在桶盔内戴上一个较小的金属头盔。

这种头盔逐渐演变为一种叫作中头盔的头部保护装置，取代了桶盔。从 14 世纪初开始，骑士开始使用铰链式面罩，他们可以打开头盔，拓宽视野和提高透气性。靠近上级时要掀起面罩，以辨别骑士身份并降低背叛几率，在今天仍旧以军礼的形式存在。

中头盔继续发展，增加又去除了一些配件，如锁子甲面罩——一种挂在头盔上用来保护颈部和肩部的锁子甲帘子，直到很多其他种类的头盔出现。有的头盔有非常尖锐突出的护鼻，能使长矛攻击的方向产生偏斜，避免直击面部，而其他头盔则设计得更为平坦。到了 1450 年左右，各种形式的中头盔逐渐停止使用，取而代之的是活动头盔和轻盔。这些头盔非常坚固，其形状专门为偏移各种攻击而设计。这时，有凹槽的哥特式铠甲已经面世。在许多关于铁甲骑士或亚瑟王的骑士团的普遍描述中，他们都穿着这种完全铰接的哥特式铠甲，头戴轻盔，尽管这种铠甲只在中世纪晚期使用过。

剑的种类

骑士携带的剑又叫作武装剑（arming sword），设计为单手使用，呈极简单的十字形，带有保护使用者手部的锷叉（十字护手）和一个平衡剑身重量的配重球。骑士剑并不是特别重，如果平衡得好，感觉重量相对较轻。武装剑既是地位的象征，也是一种武器，骑士在大多数情况下都会佩戴，即使没有全副武装（盔甲）。

长剑（longsword）是一种较重的武器，尽管它的剑刃通常与典型的武装剑一样长。长剑的主要不同之处在于其手柄较长，可以双手持剑。因而导致人们将武装剑称为"短剑"，但这可能会产生误导；武装剑的剑刃通常长70—80厘米（28—31英寸）。

混种剑（bastard），或称一手半剑（hand and a half），也是一种设计为单手或双手使用的重武器。盔甲防护的进步意味着盾牌不再像过去那样必不可少，骑士可以携带更强大的双手武器，这使他有更多选择，也有更高概率刺穿对手的盔甲。穿甲剑（estoc），或破甲剑（tuck）是一种纯粹的穿刺剑，专门用以对抗重甲。

上图：中世纪的剑术非常复杂，单手剑和双手剑的使用技术都很先进。一个训练有素的剑士对上一个只会基本招式的人有着巨大优势。

中世纪晚期

上图：中头盔演变出多种多样的头盔。尖头的面罩/面甲和倾斜的设计有助于偏移攻击力量，在骑士可能会被长矛刺向脸部的时代，这是一个重要考虑因素。

　　人们通常认为文艺复兴始于 1450 年左右，但是直到伊丽莎白一世（1533—1603 年）统治时期，不列颠才真正迎来文艺复兴。因此，文艺复兴之花首先在其他地区盛开，当时不列颠群岛仍处于玫瑰战争的阵痛之中——很大程度上是一场中世纪冲突。文艺复兴时期的战争通常与火器的使用增加有关，但这些武器的出现其实要早得多。

　　当加农炮首次出现在战场上时，它被用于对付防御工事已经有一段时间了。那是在 1346 年的克雷西（Crecy）。早期的加农炮又大又笨重，只适合静态防御或攻打防御工事。同样，手炮（手持加农炮）也在 14 世纪投入使用，但其威力有限。手炮需要两名男子操作，进行瞄准并发射，这种装置只不过是木条上有一个金属筒，再通过引爆火药将其中的球随机地推出。

　　虽然威力不是很大，但在许多版本的亚瑟王传奇中，那个时代都在使用这些武器，特别是在攻城战中。事实上，至少有一个版本曾提及，亚瑟在卡姆兰（Camlann）致命战役前最后一次与骑士团会面时，可以听到远处莫德雷德的大炮开火声。

　　这个时代没有常备军。强大的领主们拥有一支由骑兵和步兵组成的私人部队，要为上级出征时，他们也带着这支部队。这种封建军事制度以一系列责任和义务为基础，每个社会阶层都能指挥其直属下级成员，并通过他们又能指挥更下一阶层的人员。忠诚和责任链从最底层一直延伸到国王，但也会受到一些限制。一个领主只能命令他的附庸每年服一定天数的兵役，哪怕是国王也只能要求这么多。

　　这一制度是有效的，因为它使战斗部队能够在需要时集结，不需要时解散。一种由上层阶级成员组成的军事统治精英统治定居点的制度发展起来。法律和判决由庄园领主做主，如果需要执行法律，则由庄园主亲自出马负责执行，至少在理论上是如此。一个小型定居点可以供养一个贵族，他可以雇用少数装备不太精良的战士来保卫人身和财产安全，在他加入诸侯领主创造的更强大的军队时，这些战士们会陪他一同前往。

封建制度实质上是在每个定居点都部署一支小型战斗部队，以实施和维护法律，而不是碰巧将战斗人员安置在特定地方，在那里他们可以依靠定居点和周围农场的产品生存。这与盎格鲁－撒克逊制度几乎没有什么不同，在这一制度中，战斗人员也从当地定居点的耕地获得生存支持。这种制度在许多方面都很划算，但也有明显缺点。

问题之一便是这种制度难以支持大规模的军事行动，因为人们得长期离开农场和庄园。当时还没有正式的后勤保障系统，虽然也有补给提供，但军队在行军过程中依旧要自行觅食。在敌方领土上，这与蓄意破坏敌人的经济相结合，可能是一种有效的作战方式，但这也意味着军队很容易耗尽粮食。

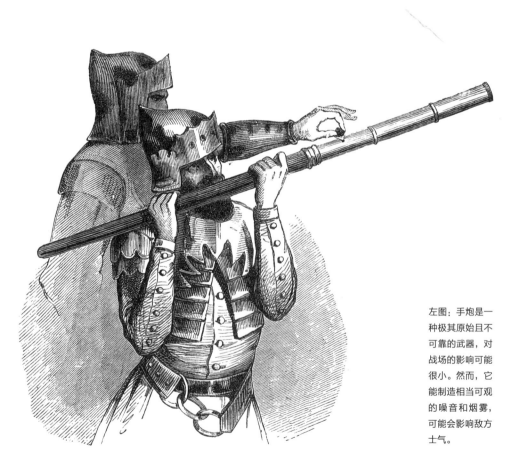

左图：手炮是一种极其原始且不可靠的武器，对战场的影响可能很小。然而，它能制造相当可观的噪音和烟雾，可能会影响敌方士气。

上图：《大宪章》代表了人们对王权态度的改变。国王不再凌驾于法律之上，他的权力受到了约束，非贵族也得到了前所未有的法律保护。

权力平衡的转变

　　这种封建制度的另一个缺点是，尽管它对非贵族阶级的自由和保护产生了重要影响，但权力逐渐从国王转移到贵族。在中世纪早期，国王拥有绝对的权力，可以毫无顾忌地指挥大领主，但随着时间的推移，大领主的权力不断增长，他们开始有能力抵抗王室的命令。一种政治上的讨价还价变得十分必要，国王仍然是公开场合的绝对君主，但他在与大贵族打交道时必须要更加谨慎。

　　这种远离绝对王权的成果之一便是 1215 年的《大宪章》（ Magna Carta ），宪章赋予下层阶级权利，并确立国王不再凌驾于法律之上。这是社会的一个重要变化，意味着国王在对外战争等重大事务上必须争取大贵族的支持，并且国王还可能受到其他强大领主的威胁，这在一个世纪前是绝无可能的。

　　当然，对外战争依旧在进行。战争是为了征服威尔士，并对抗苏格兰和法兰西。其中最值得注意的是百年战争，更恰当地说，这是从 1337 年到 1453 年的一系列战大多数电影中描绘的武器和盔甲始见于中世纪晚期。

争冲突。经常在电影版亚瑟王传奇中出现的武器和装备——实际上，大多数影片的背景都设定在中世纪——往往来自百年战争这个时代。

作战

中世纪晚期的战争通常很少涉及大规模的野战。围攻和占领诸如城市和关键城堡等地方要重要得多，战斗往往是为了打破围攻或阻止军队开始围攻。大规模突袭也很常见，通过破坏农村地区削弱敌军经济，这同样可能引发战争。然而，这并不是战争进行的主要原因。

人们普遍误以为，中世纪战争主要就是派遣粗鄙的农民大军打头阵，他们用落后的武器笨拙地互相刺伤，然后是骑士的鲁莽冲锋——通常是冲过己方的步兵。这种看法有一定道理，但事实上，中世纪的指挥官都是优秀的战略家，他们有充足的战斗理由，比如为了取得政治或经济优势而战。当时的军事文化就是如此，骑兵可能很冲动鲁莽，但战争通常比想象中更复杂。

有些版本的亚瑟王故事设定在中世纪鼎盛时期到晚期之间，铁甲骑士仍然是军队的精英，但多了其他部队的支持，包括专业步兵和轻骑兵。英格兰军队普遍使用长弓，而其他地区则可能使用弓、弩甚至投石索。加农炮可能会出现在战场上，并且在围攻时肯定会用到。

改编成剧本的亚瑟王传奇中，这些元素常常被悄然遗忘，大概是

左图：战场上最强大的力量之一是英格兰长弓手，他们是自由的平民。

因为它们可能会分散人们对铁甲骑士英雄行为的注意力，或者让观众感到困惑，因为他们可能不知道当时火药就与长矛和骑士剑并存了。如果亚瑟王故事反映时代现实的话，那么身穿板甲的骑士团则符合实际，因为当时这种盔甲已经出现。如果不想加农炮和手炮出现，那么故事时代就需要设定得更早一些，也许可以设定在中世纪鼎盛时期。

这一时期被认为是 1000 年至 1300 年，要真实地描绘亚瑟王故事，必须要展示当时的盔甲和武器，以及防御工事和建筑技术。在中世纪鼎盛时期之初，防御工事可能是用木头和泥土建造的，而不是一提及亚瑟王及其骑士团人们就会自发联想到的宏伟石头城堡。也许更重要的是，大部分亚瑟王传说中的骑士守则还不存在。

骑士精神、纹章和比武大会

"骑士精神"一词与举止有礼、保护弱者、尊重女性等息息相关，但实际上它们有着截然不同的起源。"骑士精神"源于法语"chevalrie"（骑士），本质上指的是马的主人。能买得起骑兵的武器和装备意味着已经成为社会上层的一员，但这并不能说明骑马人的品质。

然而，在骑士守则出现之前，人们对出身高贵的战士的行为抱有一种普遍期望。人们期望他们武艺娴熟、勇敢，当然，还要忠诚。人们期望他们能对适当社会阶层的人慷慨大方、热情好客、不贪得无厌。"不贪得无厌"有各种各样的含义，不仅是战士不该接受贿赂，背叛君主或同伴，而且是战士不能为了一己私欲而操纵局面。这从根本上可以归纳总结为一种期望，即一个战士应该不顾风险，愿意并有能力完成本职工作，而且值得信赖。

在某些情况下，人们还认为强者应该保护弱者，如果可能的话，还要展现仁慈，但这些往往并不普适。即使在骑士守则确立之后，骑士也只保护贵族女士的荣誉，对普通农民却为所欲为，这样的情况并不少见。战士们也被期望至少在宫廷上或在贵族面前能控制自己的脾气，从而避免毫无意义的争端和争斗，以免导致长期不和。

荣誉的概念包含了大多数骑士准则中的行为，在这种情况下，荣誉不仅是一种崇高的理想，它还是一种确保战士阶层可靠，且不会因为相互猜忌和敌意而导致内部分裂的一种方式。这种骑士守则的前身服务于国王的目的，它创造了一种局面，

一个战士应该勇敢、忠诚、仁慈。

即一名战士如果把自己的利益放在首位，或者没能达到预期的勇敢标准，就会蒙羞。在这样一个社会里，没有荣誉是毁灭性的，因此这个概念起到了社会监管者的作用。

宫廷爱情

1170 年至 1220 年间，这一不言而喻的行为准则逐渐正式成为所有贵族都向往的骑士守则。骑士行为因各地区而异，但通常都有虔诚、责任和荣誉的共性。其他社会习俗也不知不觉融入骑士精神的一般概念中，比如宫廷爱情。

宫廷爱情随着时间和地区的不同而变化。这可能只不过是一种时髦的装腔作势，骑士们会大肆宣扬他们对某位女士的爱，也许还会穿与女士服饰颜色相同的衣服以表衷情。其中可能带有真情实感，也可能没有；在某些情况下，人们期望一位骑士爱上一位高不可攀的女人，或者向一位贵妇人示爱，以表衷情。他们爱的对象可能已婚，也可能未婚；宫廷爱情通常与身体或情感上的吸引力无关。

然而，在某些情况下，宫廷爱情是一种发泄真实情感的方式。在一个包办婚姻的时代，夫妻之间可能完全没有爱情可言，所以某两人有可能在没有任何不当行为迹象的情况下公开相爱——尽管宫廷恋人之间也可能会发生性关系。目前尚不清楚这个概念在多大程度上纯粹是编年史家和讲故事者的发明创造，但如果它是编造

右图：这只箱子上的画描绘了取材于中世纪诗歌中的宫廷爱情的场景。11 至 14 世纪，吟唱歌曲和朗诵诗歌的游吟诗人在欧洲宫廷中十分受欢迎，这些歌曲和诗歌往往以爱情为主题。

的，那么确实流传已久。宫廷爱情的理念渗透在许多亚瑟王的传说中，但出现在中世纪较晚时期——如果真的有宫廷爱情的话。

我们今天所知道的纹章在诺曼征服时并不存在。

另一项相对较晚出现的发明是纹章。早在亚瑟王传说出现的几个世纪前，就有在盾牌、旗帜和衣服上展示徽章或装饰的想法了，但是在佩戴桶盔后，这种想法才变得尤为重要。如何在混乱的战场分辨敌友一直是个问题，对于一个戴着头盔视野狭窄的战士来说，更是难上加难了。

巴约挂毯上描绘了诺曼重骑兵入侵英格兰的场景，但没有纹章的迹象。已知最早的纹章出现在 12 世纪初，这种纹章可由家族其他成员继承，刚开始没有关于此类徽章的正式规定。

随着时间的推移，关于如何把纹章与婚姻相结合，以及如何修改长子、次子和其他儿子纹章的惯例逐渐形成。纹章中不同色彩运用和元素放置的规则是随着时间的流逝而形成的，但直到中世纪晚期（1300 年之后），纹章才发展到我们现在接触到的形式。1200 年的亚瑟王的骑士的盾牌或罩袍上可能有某种纹章图案，但通常与这些骑士有关的色彩鲜艳而复杂的纹章，在他们可能生活的大多数时代并不存在。

建立声誉

比武大会在亚瑟王故事中具有重要意义，但这也是相对较晚才出现的——至少中世纪晚期才初具规模。罗马人和可能更早的文明都采用过竞技训练，众所周知，9 世纪时骑兵在现在的法国参加比武大会。然而，还没有迹象表明那个时代的社会性事件或盛大场面与比武大会有关。

英格兰最早的比武大会形式是一种骑士之间约定的训练战，他们在事先安排好的地点会面。比武也可以用来解决争端，并在贵族之间建立一种尊卑秩序。这类比武大会用真正的武器进行，受重伤是家常便饭。因此，极近实战的训练所带来的好处被失去熟练战士的损失抵消了。

为了试图控制流血事件，同时保持比武大会的训练价值，在更为正式的比武大会中，骑士使用钝武器进行。渐渐地，这些赛事具有了更大的社会价值，成为比武大会赞助者炫耀实力和财富的盛会。他们还为比武战士提供了展示技能和重申对领主忠诚的机会。在某些地区，比武大会的社会影响方面最终变得更加重要；而在其他地区，其军事训练的意义则至为重要。

比武大会是年轻骑士成名的一种方式，如果有奖品的话，也许还能赢得财富。当然，比武大会还提供了其他机会。在某些地区，骑士可能会向青睐他的女士要一枚信物，并将其作为宫廷爱情的宣告带到比武大会中，其中可能含有真情实感，也可能没有。然而，在某些地区，如果骑士表现出色，这枚信物就是女士对其青睐的保证，即使是已婚女性以这种方式将自己献给比武大会的赢家，也是为社会所接受的。

格斗和肉搏

比武大会本身以参与者游行的形式进行，随后还有其他各种项目。一对一步战和马上比武都是比武大会的项目。格斗随着时间的推移而演变。最初，这是一场一

上图：正式比武的成形时间相对较晚，参赛者之间用栅栏隔开。"格斗"一词最初的意思是骑士之间的会战，可能涉及用剑和其他武器的战斗。

对一战斗，一开始参赛者进行马上长矛比武，但随后可能会在马上使用单手武器切磋，或者在一方或双方落马的情况下进行徒步比武。逐渐地，比武演变为只能使用长矛进行，其间可以替换破损的武器，直到其中一名战斗人员落马，从而决出胜负。

亚瑟王传说是一个伪历史背景的冒险故事。

后来的格斗形式使用较轻的长矛，很容易折断，这更多是一种技能展示，而不是试图将对手击落马下。比武确实会受伤（法兰西国王亨利二世在 1599 年的一次格斗事故中受了致命伤），但在大多数情况下，这些后来的比赛要安全得多。比武赌注也有所不同，在早期比武大会中，失败者会失去马匹和装备，而后来比赛组织者会提供商定的奖品。比武中也会有其他技能演示，比如参赛者骑马跑过赛道的同时，用剑切削和击刺靶子，或者用长矛击刺圆环。

许多比武大会还包括团体比武，这在早期比武项目中非常常见，但随着时间的流逝变得不那么流行了。有些是双方之间的团体比武，另一些则是面向所有参赛者开放的团体比武，成群的骑士组队成团来对抗对手的情况并不罕见。轮番击溃对手的策略可以让一队骑士获得几匹非常珍贵的战马和几套盔甲，从而大大增加他们的财富。这可能与新出现的骑士守则背道而驰，但对于一个战斗力极强的骑士来说，这是一个让自己致富的有效途径。

比武大会的鼎盛时期在 1150—1250 年，之后其受欢迎程度有所下降，但格斗比赛仍在继续，人们仍称之为比武大会。

具有相同社会目的的活动随后基本上取代了比武大会，但摒弃了部分甚至全部暴力。与此同时，作为一种非官方比武大会，攻关比武开始流行起来。一个骑士或一群骑士会在桥上或其他一些障碍点等候，并向任何经过的骑士发起挑战。社会习俗要求骑士要么接受，要么蒙羞。

好几个亚瑟王传说中都有提及攻关比武。在很多情况下，骑士会随机驻守在一些容易设卡的地方，迫使路人与他们战斗。有些人通过这种方式结识新朋友，有些人的任务进展缓慢，有些人不得不与敌人战斗。攻关比武有一点可能纯粹是编造的，即从任何经过的贵族女士手中"夺取"一件物品，象征性地将其扣押下来，直到一位骑士赢得比赛，将物品归还原主。这是宫廷爱情的另一种体现，在现实中可能发生过，也可能从未发生过。

上图：也许所有比武大会中最著名的是 1520 年的金缕地比武大会。这主要是英格兰和法兰西之间的政治活动，但也包括格斗在内的军事竞赛。

　　直到英格兰国王亨利八世（King Henry VIII of England）统治时期（1509—1547 年），类似的比武大会仍在举行。1520 年，英格兰国王在金缕地（Field of the Cloth of Gold）与法兰西国王弗朗索瓦一世（King Francis I of France）举行外交会晤，其中通常有一项盛大活动，也包括马上格斗和其他军事技能挑战。然而，通常对中世纪晚期比武大会的描述都充斥着纹章和板甲格斗，这在很大程度上是不合时宜的。

　　很明显，亚瑟王故事中的各种传统元素来自不同时代。与撒克逊侵略者作战的亚瑟不会佩戴纹章或穿戴板甲，也不知道骑士守则是什么。1250 年左右的诺曼骑

士可能最符合中世纪传说的亚瑟王形象，但最可能是亚瑟王的历史人物生活在 6 个世纪前……当然，这还没有考虑任何超自然元素。

最有可能的解释是，经典故事中的亚瑟王从来就没有真实存在过，而他是一个以遥远的萨尔马提亚和罗马历史人物为原型的复合人物。作者随自己的意愿将亚瑟放在合适的背景中，用以讲述每一个故事，因此，亚瑟这个人物与史实都有不同程度上的偏差。

任何既定版本的亚瑟王传奇都倾向于强调一个方面。通常着重描述这是一个可能存在的历史人物或神话中的中世纪国王，但有时也是对传统人物的一个新改编。要把所有亚瑟王故事的版本与任何一个可能的"真正的亚瑟王"协调一致是不可能的。有些故事的元素不可能在其他故事设定的时间里存在。有些故事的版本甚至自相矛盾，但这主要是历史学家关心的问题。

可以说，历史上最可能的亚瑟王生活在 5—6 世纪，抵御当时撒克逊人的入侵。圆桌传说和寻找圣杯的故事中所描绘的社会大概在 1250—1300 年。许多电影中的纹章以及城堡和盔甲的大致外观看起来像是在 1450 年左右的中世纪晚期社会。如果要保持历史的准确性，所有这些都不能与其他元素兼容。

然而，亚瑟王和骑士团的传说并不是不列颠的历史。这是一个伪历史背景的冒险故事。大多数人都不太在意故事的准确性，而更在意听到一个有着合适英雄阵容的好故事，在这方面，几乎各个版本的亚瑟王传奇都达到了标准。

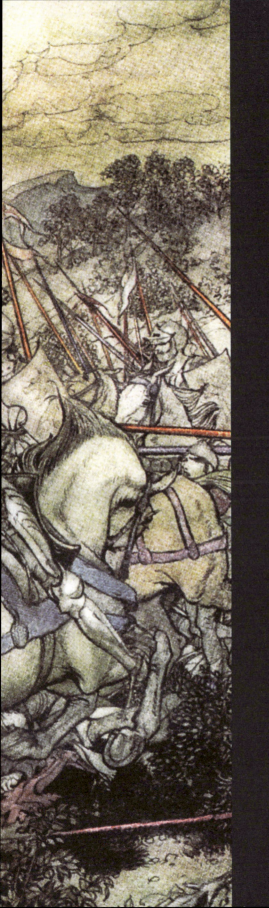

第二章
早期传说

蒙茅斯的杰弗里（Geoffrey of Monmouth）所撰写的《不列颠诸王史》（*Historia Regum Britanniae*），是已知最早提到亚瑟是不列颠国王的书面文献。

左图：亚瑟的魔法断钢圣剑具有神奇的特性，是神话中不可或缺的一部分。然而，早期传说中并没有出现断钢圣剑。相反，亚瑟手持一把名为石中剑的武器，在后来的故事中，断钢圣剑取代了石中剑。

　　蒙茅斯的杰弗里长期以来一直被认为是威尔士人，但他更可能是布列塔尼人的后裔。如果是这样，他的家族可能属于社会上层阶级，并且在诺曼征服后就移居不列颠。

　　鉴于他称自己为蒙茅斯的杰弗里，人们推测他可能出生在蒙茅斯或附近，蒙茅斯是一个位于英格兰边境威尔士一侧的小镇。诺曼人在 11 世纪 70 年代或 80 年代占领了此地，因此当杰弗里在 1136 年左右写下这部伪历史著作时，来自欧洲大陆的新来者已经有足够的时间了解当地传说。

　　蒙茅斯的杰弗里可能是在威尔士以外的其他地方完成的作品，更可能是在牛津，因为他是圣乔治教堂的在俗教士（secular canon）。有趣的是，在关于当时他在此地的文献记载中，他有时被称为杰弗里·亚瑟（Geoffrey Arthur）。1129 年至 1151 年期间，据说杰弗里在圣乔治学院。1152 年，他被任命为神父，几天后又被任命为威尔士圣亚萨（St. Asaph）主教。然而，目前尚不清楚他是否前往威尔士担任了此职务。杰弗里于 1154 年或 1155 年逝世。

诺曼入侵

　　在蒙茅斯的杰弗里正撰写他的编年史之际，近期发生的事件给他的想象力提供了大量素材。诺曼人征服英格兰后又进军威尔士。最初他们并没有这项计划，但由于来自威尔士的压力增大，

左图：蒙茅斯的杰弗里的雕像，把他描绘成一个勤奋好学的牧师形象。这幅图像可能是正确的，尽管他成为神父时已经处于职业生涯晚期，但他的确是在担任主教时去世的。

进攻变得必要。诺曼人入侵英格兰时，威尔士基本在一个国王的统一领导下。这发生在格鲁菲德·阿普·卢埃林（Gruffydd ap Llywelyn）统治时期，他于 1063 年去世。

> **《不列颠人的历史》中不列颠国王的血统可以一直追溯到挪亚。**

统一的威尔士在诺曼人到来之前曾与英格兰人发生过冲突，但格鲁菲德·阿普·卢埃林的逝世导致威尔士重新分裂为各个独立王国。威尔士人和英格兰新诺曼政权之间摩擦不断，战争频发，促使诺曼人试图平定威尔士。第一阶段（1067—1081 年）诺曼人并没有采取十分果断的行动，但在接下来的 13 年里，威尔士大部分地区都被诺曼人控制。

威尔士在 1101 年左右重新宣布独立，并基本上把诺曼人驱逐出境，这导致诺曼人更进一步进攻，但成果寥寥。1135 年英格兰亨利一世去世，征服者威廉的孙子，即布卢瓦的斯蒂芬（Stephen of Blois）夺取了王位。这导致威尔士内部冲突加剧，并与亨利一世的女儿玛蒂尔达皇后（Empress Matilda）① 发生内战。杰弗里撰写他的伪历史时，这些事件才刚刚开始展开。

蒙茅斯的杰弗里似乎在很大程度上借鉴了《不列颠人的历史》（*Historia Brittonum*），该著作成书于 9 世纪初。这是已知的第一次提到亚瑟的书面文献，但据说他是一名战士，而没有明确记载他是个国王。蒙茅斯的杰弗里将《不列颠人的历史》中的许多人物重新定义为国王，所以，尽管亚瑟确实在早期作品中出现过，但蒙茅斯的杰弗里是第一个提出"亚瑟王"的人，因此他是神话的最初创造者。

《不列颠人的历史》记载了亚瑟抗击撒克逊人的战斗，尽管没有给出确切日期，而且有些似乎是虚构的。书中也有故事的其他版本，这可能反映了不止一个作者试图根据个人写作需要修改故事。

《不列颠人的历史》中称，不列颠国王的起源可以追溯到特洛伊英雄，这些英雄的血统又可以一直追溯到挪亚。这有点矛盾，因为希腊传说中的英雄是希腊诸神的后裔，而《不列颠人的历史》将他们的血统追溯到犹太教 – 基督教的挪亚。

大约在蒙茅斯的杰弗里写作的同时，一部可以与其作品相匹敌的伪历史著作也开始登上历史舞台，这部作品称苏格兰是由一位法老的女儿斯科塔（Scota）建立的。

---

① 神圣罗马帝国皇帝亨利五世的妻子，故称皇后。

这似乎与《不列颠人的历史》中的说法背道而驰，后者记载，苏格兰本质上是特洛伊－英格兰王国的一个分支。尽管如此，《不列颠诸王史》主要讲述英格兰国王的故事，他们的早期事迹包括公元前 1000 年左右在高卢的一场战役。当时，埃布拉库斯（Eburacus）是洛格雷斯的国王。他被认为是创建埃布拉库姆（Eburacum）（约克）和建造爱丁堡城堡的功臣。他有 20 个儿子，其中大部分去了日耳曼，他们在那里建立了新王国。

《不列颠诸王史》

上图：维吉尔的《埃涅阿斯纪》记载了特洛伊陷落后埃涅阿斯的生活。根据传说，他是罗马和不列颠创始人的祖先，也是导致罗马和迦太基（Carthage）之间发生布匿战争（Punic Wars）的根本原因。

蒙茅斯的杰弗里在撰写《不列颠诸王史》时，赞扬了圣吉尔达斯和圣比德（St. Bede），以及他的朋友牛津大助祭沃尔特（Archdeacon Walter of Oxford）。杰弗里声称，他的朋友提供了一本非常古老的书（《不列颠人的历史》），作为这项工作的资料参考。然而，很明显，该书大部分内容都没有历史依据；蒙茅斯的杰弗里似乎只是编织了一个好故事，并创造了一个伪历史来支撑这个故事。

杰弗里以讲述埃涅阿斯（Aeneas）的故事为开端，他是特洛伊王普里阿摩斯（King Priam of Troy）的亲属。值得注意的是，许多古代传说表明，现在土生土长于不列颠群岛的凯尔特人的祖先是特洛伊人的后裔，他们要么直接前往不列颠，要么途经希腊、意大利或西班牙来到不列颠。杰弗里笔下的埃涅阿斯在维吉尔（Virgil）的《埃涅阿斯纪》（Aeneid）中，是传说中罗马的奠基人罗慕路斯（Romulus）与雷穆斯（Remus）的祖先。据说，在经历了多次地中海冒险之后，他和他的英雄同伴们在意大利定居下来。

蒙茅斯的杰弗里借鉴了不少《不列颠人的历史》中的元素，在他的版本中，不列颠以埃涅阿斯的曾孙布鲁图斯（Brutus）的名字命名。在这个故事的某些版本中，一位预言家预言布鲁图斯将会成为一位伟人，预言家因此被处死。据说布鲁图斯在意外杀死父亲后被放逐，此后他一直在欧洲游荡，后来到达一个名叫阿尔比恩（Albion）的岛屿。人们认为他在途中建造了图尔城（Tours），但他并没有留在那里。

布鲁图斯大约在公元前1100年到达阿尔比恩，在那里他建造了一座城市，名为"Troia Nova"①，后来由于字迹腐蚀词语讹误，又被称为"Trinovantum"，最后改为伦敦。与此同时，布鲁图斯征服了阿尔比恩，并在他死后将其分给了他的三个儿子。他们的名字稍加改动，分别用于各自所管辖的领域。因此，洛格雷斯（Logres，或洛格里亚）是英格兰，奥尔巴尼（Albany）是苏格兰，坎布里亚（Cambria）是威尔士。这些名字在亚瑟王故事中经常出现。

莎士比亚的灵感

李尔（Leir）是埃布拉库斯后裔中的一个有名人物，他的父亲布拉杜德（Bladud）是一名巫师。据说布拉杜德练习过通灵巫术，并试图用人造翅膀飞行，但以死亡宣告失败。他死后，李尔成为国王。李尔是莎士比亚戏剧《李尔王》（King Lear）主人公的原型。这是一个悲剧，讲述的是年迈的李尔王不公正地把王国分给了女儿，并逐渐陷入疯狂的故事。该戏剧的其他版本（包括同一故事的早期版本和后期版本）有着更美满的结局，与蒙茅斯的杰弗里在《不列颠诸王史》中讲述的版本相吻合。

库尼达吉乌斯（Cunedagius）是李尔的后裔之一，与罗慕路斯和雷穆斯处于同一时代。这一版本的事件使伦敦、约克和爱丁堡城堡比罗马更古老。经过一系列

---

① 为新特洛伊的意思。

战争后，库尼达吉乌斯重新统一了不列颠，之后还出现了许多国王，关于这些国王，蒙茅斯的杰弗里鲜有提及。

下一位重要的国王是高布达克（Gorboduc），他的两个儿子费雷克斯（Ferrex）和波雷克斯（Porrex）为继承父亲的王国而进行了内战。费雷克斯在兄弟波雷克斯的最初的刺杀中幸存下来，逃往高卢，在那里他得到了法兰克国王的帮助。然而，他企图入侵不列颠，但以失败告终，自己也在战斗中阵亡。王国随后陷入了一片混乱，社会各阶层之间以及各派系支持者之间冲突四起。1561 年，一部改编了这些事件的戏剧问世，这部戏剧对莎士比亚和其他伊丽莎白时期剧作家的后期作品产生了深远影响。

这段内战时期被称为"五王之战"（War of the Five Kings），尽管这些国王到底是谁以及战争中的许多事件仍然不确定。康沃尔国王戴夫瓦尔·莫埃尔穆德（Dyfnwal Moelmud 音译，意为"秃头沉默的戴夫瓦尔"）击败洛格里亚国王，然

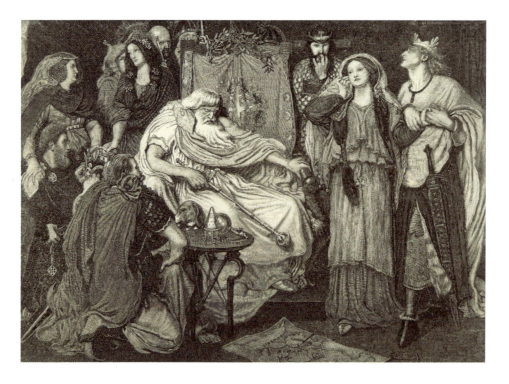

上图：传说中的李尔王成为两个女儿虚假奉承的牺牲品。小女儿考狄利娅（Cordelia）仍然对李尔一片真心，在她的姐姐们背叛父亲时，小女儿救了他。莎士比亚笔下的这个故事结局更加悲惨。

后与坎布里亚（Cambria）和奥尔巴尼结成联盟，统一不列颠，这场战争就此结束。但不列颠统一的局面只持续到他去世，随后他的两个儿子贝利努斯（Belinus）和布伦纽斯（Brennius）又为争夺王国打了一场内战。最终两人达成和平协议，同意将王国沿英格兰北部东海岸亨伯河（River Humber）分裂为南北两部分，贝利努斯统治南部，布伦纽斯统治北部。

但这一折中办法失败了，贝利努斯入侵了北方。布伦纽斯娶了挪威国王的女儿，得到了挪威国王的帮助，但他派遣的舰队遭到了丹麦船只的袭击，引发了一场海战。当然，所有这一切都不可能真正发生，因为当时根本不存在丹麦和挪威王国。北海上的舰队之间的战斗发生在公元前400年也是绝不可能的。

尽管如此，蒙茅斯的杰弗里在书中写道，冲突一直持续到最终布伦纽斯被击败，贝利努斯成为不列颠国王。布伦纽斯逃到高卢，赢得了阿洛布罗基人部落（Allobroges tribe）的青睐，最终成为他们的统治者。他带着一支高卢军队重回不列颠，并继续发动了一段时间的内战，之后签订新的和平协议，兄弟俩又重新回归以前的领地。然后，他们联手入侵并征服高卢，强迫罗马签订了条

左图：布里斯托尔（Bristol）逐步成为财富和地位的象征，据传说，贝利努斯和布伦纽斯在此过程中发挥了至关重要的作用。圣约翰门两侧有纪念他们的雕像。但在兄弟俩的统治时期内，没有证据表明存在布里斯托尔。

约。当罗马人违反条约时，兄弟俩对罗马发起猛攻。之后，贝利努斯回到不列颠，而布伦纽斯留在了罗马。

高卢人洗劫罗马

众所周知，罗马城在公元前 390 年左右被高卢人洗劫，但并未被完全征服。根据这个故事的传统版本，高卢人由塞农人（Senones）酋长布伦努斯（Brennus）领导。尽管对于布伦努斯的地位问题还有分歧，但这个人绝不可能是不列颠国王。也许他根本就不存在，而是个基于一个或多个真正酋长原型的传奇人物。如果是这样，那么蒙茅斯的杰弗里似乎塑造了一个高卢神话人物，并将他添加到不列颠传说中。

在布伦纽斯和贝利努斯之后，又出现了一系列国王，这些统治者的事迹有时与其他传说相吻合。例如，据说格吉特·巴布特鲁克（Gurguit Barbtruc）在被流放后遇到了一大群逃离西班牙的人，并带领他们在爱尔兰定居。尽管这与其他神话相矛盾，但与一些凯尔特人的神话相似，凯尔特人同样认为在爱尔兰定居的是从西班牙来的人。

大约在公元前 340 年，不列颠突然而且莫名其妙地被怪物包围。莫维杜斯国王（King Morvidus）被描绘成一个仁慈的精神变态，据说他打败了一个巨人，但后来被一条龙杀死。这一故事也许与古老的英格兰贝奥武甫（Beowulf）的故事隐约有相似之处。莫维杜斯儿子们之间

右图：领导罗马之劫的布伦努斯可能是一个神话人物，后来与同样为神话人物的不列颠的布伦纽斯混为一谈。确实，罗马在公元前 390 年左右被高卢人掠夺，但高卢领导人的身份仍有待商榷。

的内讧和争端导致不列颠再次分裂。

许多代人——蒙茅斯的杰弗里对此没有过多描绘，之后，一位名为赫利（Heli）的国王统治了不列颠大约 40 年。在威尔士神话中，赫利以贝利·莫尔（Beli Mawr）的身份出现，他是一位极其重要的人物，是鲁尔·劳尔·盖菲斯（Lleu Llaw Gyffes 音译，意为"手巧的鲁尔"）的祖父。鲁尔·劳尔·盖菲斯是一位伟大的威尔士英雄，与之旗鼓相当的卢赫（Lugh）是同样令人印象深刻的爱尔兰英雄。

赫利的儿子是鲁德·劳尔·埃兰特（Llud Llaw Eraint 音译，意为"银手的鲁德"），或叫作卢德（Lud），之后特里诺文图姆更名为凯尔·卢德（Caer Lud 音译，意为"卢德的堡垒"）。据蒙茅斯的杰弗里说，这就是现代名字"伦敦"的由来。卢德死后，他的兄弟卡西维拉努斯（Cassivellaunus）继位，并在公元前 54 年领导不列颠人抵抗罗马的入侵。盖乌斯·尤利乌斯·恺撒的著作《高卢战记》（*Gallic Wars*）中提到过卡西维拉努斯［在《不列颠诸王史》中叫作卡西贝劳努斯（Cassibelaunus），在威尔士文学中，他被称为卡斯瓦朗（Caswallawn），而且还创造了许多其他的英雄事迹］，因此他成为历史人物。然而，蒙茅斯的杰弗里的著作中关于他对抗罗马侵略者的战争描述基本上是虚构的。

尽管蒙茅斯的杰弗里采取了一种创造性的方法来叙述他们的生活和事迹，但历史证据证实，卡西维拉努斯之后至少有一些国王是真实存在的。例如，在书中，库诺贝林（Cunobelin）亲罗马——这一说法符合史实。他是莎士比亚戏剧《辛白林》（*Cymbeline*）主人公的原型。

罗马帝国征服了不列颠，这使蒙茅斯的杰弗里笔下的多位国王成为罗马历史上的重要人物。公元 202 年，罗马皇帝塞普

右图：领导抵抗最初罗马入侵不列颠的卡西维拉努斯似乎确实存在，恺撒的《高卢战记》中曾提及。但在蒙茅斯的杰弗里笔下，他的事迹大多是虚构的。

上图：这幅描绘罗马入侵的夸张插图中，凯尔特战士驾驶战车进入海里，这似乎不太可能，因为这将使不列颠人丧失机动性，而机动性是他们的主要优势。

蒂米乌斯·塞维鲁（Septimius Severus）发起了对喀里多尼亚部落的战役，希望平定他们。但他失败了，后来于公元211年病逝于埃布拉库姆（约克），留下儿子卡拉卡拉（Caracalla）和盖塔（Geta）继承王位。盖塔很快被他的兄弟谋杀，之后卡拉卡拉成为唯一的皇帝。在蒙茅斯的杰弗里的版本中，卡拉卡拉被称为巴西亚努斯（Bassianus），他和盖塔之所以不和，主要是因为罗马人希望盖塔成为皇帝，而不列颠人则更拥护巴西亚努斯。

下一个来自罗马的不列颠国王是卡劳修斯（Carausius），蒙茅斯的杰弗里把他塑造成不列颠人，而实际上他是高卢人。杰弗里

在书中写道，卡劳修斯本来有一支罗马舰队用以对付来自日耳曼尼亚海岸的袭击者，他却用这支舰队对抗巴西亚努斯，并最终杀死了他。随后，罗马裔的不列颠国王相继出现，包括公元 306 年在埃布拉库姆宣告成为皇帝的君士坦丁大帝（Constantine the Great）。

后来的罗马裔不列颠国王卷入了罗马帝国后期的权力斗争，有的国王挑战现有的皇帝，有的只是夺取不列颠的控制权。当罗马人从不列颠群岛撤离时，蒙茅斯的杰弗里在书中称君士坦斯二世（Constans II）被推举为不列颠国王。彼时，他还是个修道士，之后成为一个相当凄惨的国王。这正好符合伏提庚（Vortigern）的

上图：伏提庚似乎是一个彻头彻尾的恶棍，他废黜了软弱的君士坦斯国王，然后与撒克逊人进行了一笔非常糟糕的交易。此后不列颠人把遭受的大部分不幸都归咎于他。

目的，他是不列颠最著名的酋长之一。

　　蒙茅斯的杰弗里在书中写到，伏提庚一直是君士坦斯王位的幕后主宰，直到他最终决定彻底罢黜国王。在煽动了一场背信弃义的谋杀后，伏提庚统治了不列颠，但他荒淫放荡，只注重享受肉体欢愉。他极其不明智地邀请撒克逊人作为盟友来对抗皮克特人和苏格兰人，结果导致撒克逊人在协议破裂时大规模掠夺。伏提庚与撒克逊人进行谈判，却使他们获得了更多的土地和权力。他被儿子沃蒂默（Vortimer）废黜，沃蒂默在发动反抗撒克逊人的战役中取得了些许成功。据记载，沃蒂默曾多次抗击撒克逊人，并大大削弱了他们的力量，尽管有时是其他人在这些战斗中发挥了领导作用。

长刀背叛

　　沃蒂默取得的成功在他死后化为乌有。一些故事说他被谋杀了，但无论如何，伏提庚重新坐上了王位，撒克逊人又卷土重来。据说是伏提庚引狼入室主动邀请他们来的，也许仍旧希望把他们当作雇佣军利用，又或者他只是无力阻止他们入侵。伏提庚与撒克逊人的交易引发了一场"长刀背叛"（Treachery of the Long Knives）事件，当时撒克逊各领袖秘密携带武器参加和平宴会，并杀害了手无寸铁的不列颠同僚。

上图：根据传说，巨石阵是缅怀不列颠领袖的纪念碑，他们因撒克逊人的"长刀背叛"而罹难。尤瑟·潘德拉贡从爱尔兰带回了必要的石头，在这一方面，他发挥了重要作用。

伏提庚本人被俘，不得不将大片领土割让给撒克逊人，以换取自由。失去了所有坚固要地后，伏提庚试图建造一座新的堡垒。然而，这件事进展不顺，导致他与年轻的梅林相遇，如后所述。因此，伏提庚仍然当了一段时间的国王，在坎布里亚（威尔士）的新堡垒里统治着一个逐渐衰落的王国。

安布罗修斯·奥里利厄斯可能和里奥塔莫斯（Riothamus）是同一个人，里奥塔莫斯的意思是"伟大的国王"。

伏提庚的继任者是安布罗修斯·奥里利厄斯，他是一位罗马裔不列颠领袖，不同的故事对他有不同的描述。蒙茅斯的杰弗里笔下的他是皇帝君士坦丁三世的一个儿子，也是君士坦斯的兄弟。在一些资料中，安布罗修斯的家人被撒克逊人杀害；在蒙茅斯的杰弗里的版本中，他们被伏提庚的手下谋杀。

剩下的不列颠人厌倦了伏提庚和撒克逊人，选择安布罗修斯作为他们的国王，安布罗修斯和弟弟尤瑟率领不列颠人首先对抗伏提庚。伏提庚在一座塔中躲避尤瑟和安布罗修斯的围攻，后来他在那里被烧死。

理所当然地，撒克逊人的领袖亨吉斯特（Hengist）被安布罗修斯的战士名声吓坏了。他下令加固撒克逊人的城镇，并准备在受到严重威胁时逃往苏格兰。听说安布罗修斯的军队正在逼近，亨吉斯特试图在安布罗修斯行军时进行伏击，导致了一场大规模战斗的爆发，这场战斗被描述为基督徒不列颠人和异教徒撒克逊人之间的战争。

左图：尤瑟·潘德拉贡是一位伟大的战争领袖，但并不是一个特别善良的人。他渴望得到其他男人的妻子，从而引发了战争，他以前的朋友戈洛伊斯（Gorlois）在战斗中被杀。

　　亨吉斯特被捕后受到了处决。他的军队已经被击败，但有足够多的撒克逊人得以逃走，并在亨吉斯特之子奥克塔（Octa）以及亲属艾欧萨（Eosa）的领导下，开始分别在约克和阿尔克莱德（Alclud）建立一支新的军队。一段时间后，这些部队向安布罗修斯投降，并被授予英格兰北部的土地。与此同时，安布罗修斯着手修复对教堂和城市的破坏，恢复国家法律秩序，并让不列颠回归到古时期（可能是合理的）状态。据蒙茅斯的杰弗里所述，安布罗修斯在战胜撒克逊人不久后被下毒。他的兄弟尤瑟继任，成为国王，但与此同时，他经历了许多冒险。

　　安布罗修斯想为在"长刀背叛"事件中被杀害的不列颠领袖们建立一座纪念碑，他采纳了梅林对纪念碑外观的建议。这就是现代被称为"巨石阵"（Stonehenge）的石圈。当然，巨石阵在这些事件发生之前就已经存在了，但蒙茅斯的杰弗里可能并不知道这一点，而且，他也没有过多关注历史事实。

　　建造纪念碑所需的石头构成了爱尔兰基拉劳斯山（Mount Killaraus）上的"巨人之舞"（Giant's Dance）。要想得到合适的石头，必须得击败年轻而勇敢的国王吉洛曼纽斯（King Gillomanius）带领下的爱尔兰人。击败爱尔兰人后，他们试图搬走这些石头，但一块石头都搬不动，之后梅林示范如何巧用恰当的组合装置来搬运如此沉重的石头。

　　吉洛曼纽斯为战败寻求报复，并同意与伏提庚的余党一起攻击不列颠人。由于安布罗修斯当时生病了，所以尤瑟率兵抗敌。在尤瑟领导抗战期间，安布罗修斯被一个撒克逊人毒死，这个撒克逊人乔装为修道士，并在假装要为安布罗修斯进行治疗时趁机下手。

尤瑟·潘德拉贡

　　安布罗修斯死后，出现一颗形状像龙的彗星，梅林告诉尤瑟这颗彗星的意义。从此尤瑟被命名为潘德拉贡。这个名字很可能来源于"大龙头"，这是威尔士对伟大领袖的传统称呼。尤瑟是一位伟大的战士，一位备受尊敬的领袖，也是兄弟安布罗修斯的忠实拥护者。然而，他并非没有缺点。他的统治充斥着冲突和暴力，接二连三对撒克逊人、苏格兰人以及爱尔兰入侵者发动战争。

　　暴力始于英格兰北部撒克逊人的反叛。奥克塔〔有的资料来源中他又被称为奥斯拉大刀（Osla Big-Knife）] 和他的亲属艾欧萨之前与安布罗修斯签订了条约，但他们认为安布罗修斯死后，条约就没有约束力了。撒克逊人很快占领了大片领土，并在最初尤瑟率兵反抗他们时打败了他。尤瑟在达门山（Mount Damen）避难，之后发动了一次突然反攻，打败了撒克逊人。

据记载，在这场胜利之后，尤瑟继续平定苏格兰，恢复国家的法律和秩序，就像前任国王所做的那样。根据传说，他在威斯特摩兰郡（Westmorland）建造了潘德拉贡城堡，并将其作为统治时期的首都。考古学和现代历史研究认为潘德拉贡城堡可追溯到 12 世纪，远远晚于尤瑟时代。然而，关于尤瑟及其环绕城堡的宫廷，当地流传着许多传说。

到目前为止，尤瑟最伟大的盟友是康沃尔公爵戈洛伊斯 [有时被称为霍尔（Hoel）]。戈洛伊斯曾在廷塔哲（Tintagel）就职，并被称为廷塔哲公爵或康沃尔公爵。他娶了伊格赖因 [Igraine，有时被称为伊格娜（Ygerna）]，她是一个非常美丽的女人，是戈洛伊斯女儿的母亲。至于他们究竟有多少个女儿，不同资料有不同记载，有的资料中称他们有五个女儿，但并非所有人都列出了名字。莫高斯（Morgause）嫁给了洛特王（King Lot），伊莱恩 [Elaine，或布拉辛（Blasine）]

上图：坎布里亚郡的潘德拉贡城堡据说是尤瑟·潘德拉贡修建的，曾是他治国理政的地方。然而，这座城堡的建成时间应该不早于 12 世纪，距离与撒克逊人的战争结束已经很久了。

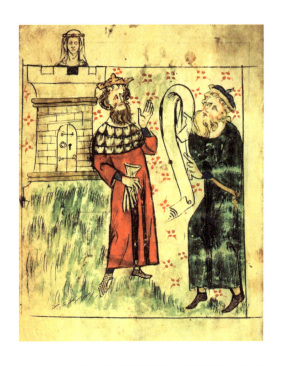

上图：尤瑟·潘德拉贡与梅林密谋进入廷塔哲城堡，与伊格赖因相见。大概梅林认为，以这种方式促成亚瑟的诞生，胜过一场双方都有许多人牺牲的战争。

嫁给了加洛特的纽斯特王（Nuetres of Garlot），布里梅森嫁给了尤里安王（King Urien）。在某些版本中还出现了另一个女儿，但没有记载具体名字，有的记述中讲到了第五个女儿，可能是摩根勒菲。

戈洛伊斯是达门山战胜撒克逊人这一伟大胜利的缔造者，尤瑟和戈洛伊斯两人率领军队胜利返回伦蒂尼恩城（Caer Lundein，伦敦）。在随后的庆祝会上，尤瑟遇到了戈洛伊斯的妻子伊格赖因，并迷恋上了她。由于关注到尤瑟对妻子的态度（也许还有示爱），戈洛伊斯离开了宴会。这既违反了礼仪，也是对尤瑟的侮辱，尤瑟要求戈洛伊斯回来解释他的行为。戈洛伊斯拒绝后，尤瑟宣布，如果戈洛伊斯不妥协，他将毁灭戈洛伊斯。戈洛伊斯回到家乡康沃尔，开始做防御准备。

当时，康沃尔有两座主要城堡——戈洛伊斯在廷塔哲的城堡，还有另一座在圣迪米利奥克（St. Dimilioc）的城堡。戈洛伊斯把伊格赖因安置在廷塔哲城堡，并准备在另一个城堡开战。经过一段时间的交锋，戈洛伊斯被击败。然而，尤瑟变得不耐烦，请求朋友梅林帮助他接近伊格赖因。根据这个故事后来的版本，梅林的条件是，他们所生的孩子将由他来照顾，尤瑟接受了，但蒙茅斯的杰弗里的书中没有提及这点。

尤瑟的巫术骗局

梅林用他的巫术改变了尤瑟的外貌，使他跟戈洛伊斯长得一样。带着这张令人惊叹的脸，尤瑟前往廷塔哲城堡，他自然能顺利进入城堡。在这些事件的某些版本中，此时戈洛伊斯已经死了；在另一些版本中，尤瑟去见伊格赖因时，戈洛伊斯还活着，但当晚被杀。

伊格赖因没有任何怀疑，她与尤瑟同房，并怀了一个儿子，将被取名为亚瑟。

这个故事引发了人们对亚瑟出生合法性的质疑，虽然许多版本声称戈洛伊斯当

上图：婴儿亚瑟被托付给安托尔爵士，并与爵士的儿子凯（Kay）一起抚养。亚瑟对自己的身世一无所知，这可能是为了他的安全着想，成为王国的继承人是一件十分危险的事。

尤瑟·潘德拉贡和他之前的其他英格兰国王一样，死于中毒。

时已经死了，而且尤瑟随后与伊格赖因的婚姻也使这个孩子合法化。尽管如此，尤瑟的儿子亚瑟出生于一场巫术骗局，伊格赖因遭到了一个男人的欺骗，这个男人并不是她的丈夫，而是她丈夫的敌人。

亚瑟在廷塔哲的诞生是贯穿他一生传说的中心主题。有些版本侧重于强调骗局的巫术性质，赋予亚瑟半神秘的一面。其他版本则揪着这一点不放，即他生于欺骗和背叛，这或许不可避免地导致了悲剧的人生和命中注定的结局。

当戈洛伊斯已死的消息传到廷塔哲城堡时，伪装成戈洛伊斯的尤瑟仍在那里，自然平息了谣言。随后，他离开了廷塔哲，安全返回自己的军队，然后接受了廷塔哲城堡的投降。不久之后，尤瑟娶了伊格赖因，亚瑟在廷塔哲出生。

年轻的亚瑟由安托尔爵士（Sir Antor）抚养长大，爵士的儿子凯是亚瑟的养兄，也是值得信赖的伙伴。与此同时，尤瑟·潘德拉贡继续与众多敌人开战。戈多丁国王洛特·勒瓦多克（King Lot Lewddoc of Goddodin）是他在这场斗争中的盟友之一。最后，洛特王以自己的名字命名洛锡安（Lothian）这个地方，而且也许在爱丁堡就任。

洛特王娶了莫高斯，在某些资料中，莫高斯被称为安娜（Anna）。有的资料称莫高斯是伊格赖因和尤瑟的女儿，这样她便是亚瑟的妹妹，有的资料显示她是伊格赖因和戈洛伊斯的女儿，这样她就成了亚瑟同母异父的姐姐。

在一些故事中，洛特曾一度是尤瑟宫殿的人质，并在那里遇到了莫高斯，导致了高文的非法出生。洛特后来成为尤瑟的盟友，并代表他抗击撒克逊人。

尤瑟·潘德拉贡，此时已经年老体衰了，最终被卷入一场新的战役中，对抗英格兰北部的盎格鲁人。虽然盎格鲁人被击败了，但他们可以在更远的北方定居，仍然由奥克塔统治。盎格鲁人获得了日耳曼撒克逊人的帮助，在撒克逊国王科尔格林（Colgrim）的带领下，他们协助盎格鲁人打败了以尤瑟名义指挥军队的洛特。

尤瑟指挥军队在圣奥尔本斯（St. Albans）挫败了奥克塔，击溃了敌人，但科尔格林设法撤退到了埃布拉库姆。尤瑟和他的许多拥趸因供水中毒而死，被埋葬在巨石阵。一些资料称，中毒事件发生在潘德拉贡城堡，另一些资料则称中毒事件发生在他与撒克逊人战斗的最后阶段。

梅林的起源

梅林是一个很复杂的角色，他的原型可能是德鲁伊巫师。各种亚瑟王传说都对他有不同的描述，有的将梅林描写成一个年轻小伙或迟暮老人，有的将他描写成一个傻瓜或一个明智的顾问，甚至有的将他描写成一个疯子。有可能这些故事最初指的是两个完全不同的人，但因为名字相同，后来被混为一谈。

根据蒙茅斯的杰弗里的版本，梅林是威尔士国王的孙子，其父亲是魔鬼或是梦魇（一个恶魔）。这一点在《不列颠诸王史》（1136 年）中有提及，但在 1150 年，蒙茅斯的杰弗里写下了《梅林传》（*Vita Merlin*，意为

上图：尽管梅林知道湖中仙女尼缪（Nimue）给他安排了怎样的命运，但他无力抵抗。然后，尼缪接替了梅林的角色，成为亚瑟的魔法守护者和顾问，甚至可以说，事实证明尼缪对亚瑟更有助益。

"梅林的生平"），讲述了主人公梅林·加勒多尼亚斯（Merlin Calidonius）的故事，在故事中他显然已经结婚了。除此之外，没有其他故事提及梅林结婚。

梅林的父母是幽灵和魔鬼的仆人（或是魔鬼本身），这一事实赋予了梅林巨大的力量，这也带来了许多矛盾。他的王室血统可能也是一个因素。他第一次出现在故事中时还是个男孩，最早来往的国王不是亚瑟或尤瑟，而是伏提庚。伏提庚在被

撒克逊人打败后逃到了威尔士，并试图为自己建造一座堡垒，但未成功。伏提庚的顾问们告诉他应该找一个没有父亲的男孩，用他的血来黏合城堡的灰浆，这样可以防止城堡每晚坍塌。

梅林被及时找到并被带去见了伏提庚，梅林指出，城堡不断倒塌的真正原因是两条龙被困在城堡地基下的一个地下水池中。一条龙是红的，一条龙是白的，它们每天晚上的战斗导致了城堡墙壁坍塌。然后，龙从地底出现，伏提庚目睹了它们之间的搏斗。梅林告诉伏提庚，这象征着撒克逊人和不列颠人之间的冲突。

梅林此时的名字叫梅林·安布罗修斯［Merlin Ambrosius，威尔士语为艾默瑞斯（Emrys）］，伏提庚将这座城堡——此时终于修建成功——命名为迪纳斯·艾默瑞斯（Dinas Emrys，意为"艾默瑞斯的城堡"）。梅林的建议对伏提庚并没有多大帮助，在他死后，梅林与安布罗修斯和尤瑟成了朋友。尤瑟帮助梅林建造了巨石阵，而且正是梅林在他们共同目睹了一颗龙形彗星后，给尤瑟取名潘德拉贡。梅林在尤瑟对伊格赖因的巫术诱骗上起了推波助澜的作用，从而促成了亚瑟的诞生，但在蒙茅斯的杰弗里的书中，他没有参与亚瑟的统治。

在亚瑟王传奇后来的版本中，梅林是亚瑟的导师和顾问，但在蒙茅斯的杰弗里所写的故事中，他却缺席了。故事的不同版本讲述了关于这件事的各种原因。有一种说法是，梅林被一位叫作湖中仙女的强大女巫抓获、监禁或埋葬。在亚瑟王的故事中，好几个截然不同的人被认为是湖中仙女；这位女士是一个名叫尼缪、妮妮安（Niniane）或薇薇安（Viviane）的女巫，梅林对她十分迷恋。

两人第一次见面时，这位女士还只是个孩子。她想学习魔法，并向梅林承诺，如果梅林愿意教她，她会爱上他。几年后，当他们再次见面时，女巫将梅林因禁在一座魔法塔中，或者将他埋葬于岩石中。在这个故事的其他版本中，这位女士不信任梅林，因为她知道梅林是魔鬼的孩子，所以对他怀有敌意。然而，梅林依旧痴迷于这名女士，即使预见到自己会死在她手中，也无法抗拒自己对她的感情。

尽管尼缪对梅林怀有敌意，但她在很多场合都帮助过亚瑟，尤其是在他的断钢圣剑被摩根勒菲偷走之后。尼缪也是把身负致命伤的亚瑟带到阿瓦隆的女士之一。

《梅林传》

　　1150 年的《梅林传》中呈现了完全不同版本的事件。在这个故事中，梅林在一场战斗 [可能是阿尔夫德里德之战（Battle of Arfderydd ）] 后悲痛欲绝乃至发狂，在森林里过着野人般的生活，并学会了动物语言。听到妹妹加尼达(Ganieda)演奏的音乐后，他恢复了神智。加尼达嫁给了罗达奇(Rodarch)，他是参与此次战斗的国王之一。

　　梅林去了罗达奇的宫廷，但因宫廷人多，梅林再次发疯。他在树林里狂奔，但又被抓回宫廷，由他的妹妹照顾。然而妹妹加尼达的好心照料并没有得到回报，梅林告诉整个宫廷她有外遇。加尼达认为这是疯子的胡言乱语而不予理睬，但罗达奇想验证梅林是疯子还是某位预言家。

　　梅林预言，宫廷里的一个男孩会失足摔倒，因为一棵树死在水中，这没有多大意义。

左图：《梅林传》将梅林描绘成一个极具天赋的疯子，他大部分时间都在森林里狂奔。

他被允许重回森林，在告诉自己的妻子应该再婚后，梅林就回到了森林里。他还补充说，他会在妻子结婚那天去找她，她的新丈夫不应该挡他的路。

不久之后，正如梅林所料，一个男孩死去——他从岩石上摔下来，脚被树枝绊住，头朝下在河里晃来晃去，然后溺水而死。罗达奇国王意识到梅林关于他妻子婚外情的警告一定是真的，而且他确实具有某种神奇的天赋。

与此同时，梅林的前妻格温多洛娜（Gwendoloena）计划再婚。当她看到梅林骑着一头牡鹿，被一群鹿簇拥着向宫廷而来时，事情就不对劲了。格温多洛娜笑了，她的新婚丈夫去看有什么好笑的。不清楚什么原因，梅林折断了一只牡鹿的角并向格温多洛娜的新婚丈夫掷去，杀死了他。

梅林被带回宫廷，他展示了自己的能力，能看到别人看不到的东西。他还对未来事件做出了一些预测，预测结果令人沮丧。其中一个预言是，受致命伤的亚瑟将被带到阿瓦隆岛（Isle of Avalon），他必须得留在那里才能治愈。尽管梅林预言亚瑟总有一天会回到不列颠，但没有他，不列颠将面临一个不确定的未来。最后，梅林被魔法之泉恢复了神智。他的妹妹加尼达几乎立刻继承了他的衣钵，成了疯狂的预言家。

年轻的亚瑟

在父亲去世时，亚瑟只有 15 岁，如此小的年龄在过去并不算什么。不管怎样，几乎没有人反对他继承尤瑟·潘德拉贡的王位。英格兰贵族非常担心撒克逊人势力抬头，他们在西尔切斯特（Silchester）会面，一致同意亚瑟当国王。

当时，在日耳曼国王科尔格林统治下的撒克逊人迅速占领了洛格雷斯，并很快控制了亨伯河北部的所有土地。与不列颠本土撒克逊人并肩作战的是来自欧洲大陆的新来者，还有自愿加入或被迫加入撒克逊人事业的爱尔兰和苏格兰人。

亚瑟以英勇无畏和慷慨大方著称，他的品质深受贵族喜爱，人们普遍认为他是一个善良且性情温和的人。显然，他具备成为一个既受欢迎又有能力的国王的特质，但他的统治可能很短暂。虽然亚瑟得到了不列颠人的支持，但敌方人数远远超过了他的军队。

财政经费也是一个潜在问题。亚瑟拥有财富，作为尤瑟的儿子，他的统治权毋庸置疑。然而，战争是一项代价高昂的事业，要维持他已经拥有的慷慨名声也是如此。当然，解决亚瑟所有问题的办法就是向撒克逊人开战。这样，他能保卫他的人民，巩固领主对他的支持，并以牺牲敌人的利益为代价使他们自己富裕起来。

亚瑟首先向约克进军，在战场上，科尔格林率领一支庞大的撒克逊军队迎战，

亚瑟得到了不列颠人的支持，但敌方人数远远超过了他们。

上图：在这张图片中，亚瑟正在战斗，骑士们戴着桶盔，使用 13 世纪的装备。这是描绘亚瑟时代社会景象的典例，不过在不列颠国王与撒克逊人作战的时代，图中人物形象是严重违背历史事实的。

这支军队还得到了爱尔兰人、苏格兰人和皮克特人的增援。经过浴血奋战，科尔格林被击败，退居约克，亚瑟在那里包围了他。后来，得知又有6000多名撒克逊人从海岸线逼近，亚瑟派出一支部队阻止他们突破围攻。

卡多尔（Cador）是亚瑟的拥趸之一，在蒙茅斯的杰弗里的书中，他是亚瑟的堂兄弟，但据说他是伊格赖因和戈洛伊斯的儿子，这样他就成了亚瑟同母异父的兄弟。卡多尔是康沃尔公爵（在这个故事的威尔士版本中，他是康沃尔伯爵），在亚瑟统治期间一直是坚定支持者。亚瑟派卡多尔公爵去拦截逼近的撒克逊人，尽管敌方人数远超己方，卡多尔还是在通往约克的路上成功地进行了伏击，击溃了入侵者。

上图：图片突出了亚瑟与教会的联系。中世纪作家非常关注故事的宗教方面，推崇对上帝的虔诚和奉献是一种美德，这种美德凌驾于骑士对领主的职责之上。

然而，新的撒克逊部队领导人巴杜尔夫（Badulph）设法伪装成小丑进入了约克城。不久之后，一大批撒克逊人登陆海岸的消息传来。由于无法与如此多的敌军起正面冲突，亚瑟解除了围困，向伦敦撤退。在那里，他召开了一场会议，决定向布列塔尼公爵霍尔请求援助。根据故事不同的版本描述，霍尔可能是亚瑟的侄子或堂兄弟，但无论如何，霍尔对他的亲属很好，派遣了15000人帮助他。

亚瑟率领新增援的部队进入林赛（Lindsey，位于华盛顿河和亨伯河河口之间的沼泽地区，在现在的林肯郡附近），在那里他制服了一支撒克逊军队，并将幸存者驱赶到附近的河流中。其余的撒克逊部队在塞利顿森林（Celidon Wood）集结并进行了战斗，他们的防御非常坚固，亚瑟命令用砍倒的树木建造一座防御工事，将撒克逊人围住，直到他们不堪饥饿投降。这是罗马将军们使用的一种战术，在此次战役中，对亚瑟来说也非常奏效。

撒克逊骗局

撒克逊人坚持了几天，然后同意和平解决。他们会留下财宝，返回日耳曼，除此之外，还会向亚瑟进贡。他们留下了人质作为诚信担保，亚瑟开始

亚瑟手持一把名为石中剑的宝剑。

向北进军，对抗皮克特人和苏格兰人。然而，撒克逊人一出海就食言了，他们重返英格兰，摧毁了乡村。亚瑟被迫掉头南下来对付他们，按照当时的惯例，人质应被处决。

亚瑟赶来时，撒克逊人早已抵达巴斯（Bath），并且正在包围巴斯。虽然亚瑟的兵力被削弱了，但他决心打破围攻，让撒克逊人在失败中永远无法翻身。亚瑟谴责他们是失信者，并在神职人员的热烈支持下领导了这次袭击。随军的圣杜布利修斯（St. Dubricius）宣布，凡是在这场与反叛异教徒的战斗中牺牲的人，都可以免除任何罪行，这是对亚瑟手下的激励手段之一。

蒙茅斯的杰弗里把亚瑟的盾牌命名为普里文（Priwen），描述亚瑟戴着一个龙形的金头盔，穿的盔甲是锁子甲，在1136年杰弗里创作时或者在公元500年左右这些事件发生时，锁子甲是一名贵族战士的标准防护盔甲。现代版故事中经常出现的板甲在这两个时期都不存在。亚瑟也因手持一把名为石中剑的宝剑和一把暗杀者长矛（Ron）而闻名，石中剑是在阿瓦隆制造的。

撒克逊人组成楔形队形，抵抗了亚瑟部队一整天的进攻后，退到一座山上扎营。第二天，兵力衰弱的撒克逊人防守这座山，但遭到亚瑟军队的猛攻。蒙茅斯的杰弗里在书中写道，亚瑟单枪匹马杀死了470名撒克逊人（其他一些版本的故事增加到960名），他的军队也进行了大肆杀戮。撒克逊兄弟科尔格林和巴杜尔夫被杀，但欧洲大陆的撒克逊特遣队领袖希尔德里克（Childeric）逃离了战场。

一个圣徒代表团以人民的名义请求宽恕。

在巴顿山取得这场伟大胜利后，亚瑟派康沃尔公爵卡多尔率领 1 万人追击撒克逊军队的残余部队。卡多尔狡猾地挡在残余敌军和船只之间，阻止他们逃跑，并开始骚扰和折磨他们。最后，剩下的撒克逊人被困在萨尼特岛（Isle of Thanet），希尔德里克被杀后，他们被迫投降。

与此同时，亚瑟得以继续向北进军，打算营救被围困在阿尔克莱德的亲属霍尔。成功营救霍尔之后，亚瑟与苏格兰人和皮克特人进行了几次战斗，使他们逃到了洛蒙德湖群岛（Islands of Loch Lomond）。在那里，他利用湖泊和周围的河流，引兵渡河，陷敌人于危境之中。

当亚瑟围攻洛蒙德湖时，一支在吉拉穆里乌斯国王（King Guillamurius）领导下的爱尔兰军队逼近。为了击败这一新的威胁，亚瑟被迫解除围困，但在赶走爱尔兰人后，他再次进军，企图摧毁苏格兰人和皮克特人。然而，亚瑟受到一个圣徒代表团劝阻，他们以人民的名义请求宽恕。

苏格兰人和皮克特人不想与亚瑟进一步产生冲突，称他们与亚瑟作战是遭到了撒克逊人逼迫，因为撒克逊人推翻了他们的国王。亚瑟大赦苏格兰人，并没有进一步惩罚他们，而是让他们的统治者重新掌权。这些统治者中包括他父亲的朋友洛特王，洛锡安的统治者，即亚瑟的妹妹（或同母异父的姐姐）莫高斯的丈夫。蒙茅斯的杰弗里说洛特是洛锡安国王，尽管后来的一些资料称他为奥克尼国王（King of Orkney）。

洛锡安北部的莫雷国王（King of Moray）是洛特的兄弟尤里安（Urien），后来的传说称他为戈尔国王（King of Gorre）。戈尔是一个神话王国，位置变化多端。第三个兄弟奥古塞尔（Augusel）是奥尔巴尼国王，奥尔巴尼是苏格兰的神话名称。蒙茅斯的杰弗里只是模糊界定了奥尔巴尼的边界，但很明显，它是一个独立于莫雷和洛锡安的主要王国。

这时，霍尔正在琢磨洛蒙德湖的性质，亚瑟告诉他，洛蒙德湖确实十分不可思议。亚瑟还说，还有其他同样或更奇妙的水体。后来，亚瑟军队南下，收复了被撒克逊人蹂躏的约克。蒙茅斯的杰弗里特别提到了亚瑟为修复毁坏了的神圣建筑所做的努力；他笔下的亚瑟是一个非常虔诚的人，对教会极为尊重。

亚瑟得到了苏格兰各国王的忠心，进一步巩固了他作为不列颠至尊王的地位。

上图：亚瑟在洛蒙德湖附近的战役促使他大谈特谈神奇水体的话题。现在还不清楚他是从哪里得到这些信息的，也许这是他小时候受梅林教导的一部分。

然而，他的事业仍然存在很大阻力。亚瑟计划在春天发动一场新的战役，但他选择与卡多尔公爵一起在康沃尔过冬。在那里，他遇到了一位年轻女子，蒙茅斯的杰弗里称她为格温娜维尔（Guanhumara），其他资料中更为广为人知的名字是桂妮维亚。不久后，两人就结婚了。

亚瑟开拓了疆域

在与桂妮维亚结婚时，亚瑟已经收复失地，不列颠回归古时期的完整状态。这似乎表明他已经掌控了所有以前由罗马帝国控制的不列颠土地。桂妮维亚的身份设定为罗马家族的一员可能并不是巧合，亚瑟在成为不列颠所有前罗马领地的国王后，娶了罗马最优秀、最美丽的女性为妻。

然而，爱尔兰人在吉拉穆里乌斯国王统治下，仍然对亚瑟构成严重威胁，因此亚瑟向爱尔兰发起了一次大规模的远征。吉拉穆里乌斯率领大军迎击亚瑟的军队，但他那些纪律性差、装备简陋的战士很快被打得四下逃散。吉拉穆里乌斯被俘，并向亚瑟投降，之后爱尔兰的其他统治者也纷纷投降。

至少在蒙茅斯的杰弗里的书里，亚瑟随后率领舰队前往冰岛，并征服了冰岛。这是不太可能的，因为当时人们可能还不知道冰岛的存在。北方的水手在 9 世纪发现了冰岛，尽管有证据表明，爱尔兰修道士在此之前曾在那里生活过一段时间。蒙茅斯的杰弗里笔下的亚瑟能毫不费力地征服一个无人居住的冰岛，但首先他没有任何理由前往冰岛。

亚瑟战无不胜和济世安民的名声促使一些国王自愿效忠。奥克尼国王冈法修斯（Gunfasius）和哥特兰的多尔达维斯（Doldavius of Gothland）前来进贡，跟其他许多国王一样，承认亚瑟王的统治地位。于是，不列颠开始了长达 12 年的和平时期，在此期间，亚瑟的宫廷名声大噪，影响力巨大。

上图：亚瑟王与罗马贵族出身的桂妮维亚结婚，可能是为了象征他征服了以前罗马控制的不列颠领土。

亚瑟的宫廷成为文明社会的典范，吸引了来自欧洲各地伟大而英勇的人们。贵族们的时尚受到亚瑟及其宫廷成员穿着的影响，而战士们则试图在装备和行为上模仿亚瑟的骑士团（蒙茅斯的杰弗里这样称呼他们，尽管这有点不合时宜）。

和平终结

那些没有屈服于亚瑟的国王对他既敬畏又害怕，并做好了防御准备，以防亚瑟选择向他们开战。亚瑟决定发动战争，12 年的和平结束了，他打算从征服挪威开始。挪威国王西切林（Sichelin）任命他的侄子，即亚瑟的朋友洛锡安国王洛特为他的继承者。然而，挪威人却拥护里库夫（Riculf）为国王。

亚瑟向挪威起航，打算推翻里库夫，让洛特当国王，他登陆时，遭到了一支庞大的挪威军队阻击。经过一场血战后，亚瑟杀死了里库夫，并开始了征服整个挪威的战役。当这一切完成后，洛特被立为挪威之王，亚瑟启程前往高卢。

当时高卢的掌权人是一个名叫弗罗洛（Frollo）的罗马保民官，他集结了一支庞大的军队来抵制亚瑟登陆。然而，亚瑟也有一支大规模的部队伴他左右，这支部队由他所有领地上最优秀的战士组成。他的战士年轻气盛，渴望功成名就。亚瑟自己的名声也给他带来了好处，许多本应反抗他的人反而要求加入他的军队。

弗罗洛逃到巴黎，在此增强了防御，并组建了另一支军队，但亚瑟的行军速度比他预期的要快，已经包围了这座城市。在经受数周的饥饿后，弗罗洛向亚瑟建议，为了让人们不再受苦，他们应该进行决斗。亚瑟欣然接受，两人在城外举行了盛大的决斗。

亚瑟和弗罗洛从骑马决斗开始，随后亚瑟将对手击落马下。当他逼近被击落的弗罗洛时，弗罗洛用长矛杀死了亚瑟的马。亚瑟掉落马背，受到严重威胁，但他调整自己，继续徒步战斗。尽管亚瑟头盔遭到了对方暴击，他还是刺穿了对手的头盔，将其杀死。

根据决斗条款，巴黎城随后投降，亚瑟接管弗罗洛的军队。他把一半军队给了他的亲属霍尔，指示霍尔去镇压

右图：在弗罗洛违反竞技精神杀死了亚瑟的马后，他们继续徒步战斗。最终胜负取决于双方对彼此的头部重创——亚瑟的头盔经受住了冲击，而弗罗洛的头盔没有。

上图：一幅 13 世纪亚瑟加冕为不列颠至尊王的画像。其他国王当然保留了各自的王国，但接受亚瑟成为他们的君主。因为亚瑟正处于权力顶峰，他们真的别无选择。

蒙茅斯的杰弗里笔下的皮克塔维亚人（Pictavians）。"皮克塔维亚人"这个词通常用来称苏格兰的皮克特人，但这里指的是比斯开湾（Bay of Biscay）的阿基坦人（Aquitaine）。罗马时代之前及罗马时代期间，该地区占主导地位的凯尔特部落是皮克托人（Pictones）。

霍尔遭到皮克塔维亚人首领吉塔德（Guitard）的反对，但经过数次战斗后击败了他，霍尔成功地把阿基坦纳入亚瑟的版图中。之后，霍尔还在加斯科尼（Gascony）进行了战斗，迫使该地的王子投降。与此同时，亚瑟用弗罗洛的另一半军队制服了高卢的其余地区，在登陆高卢 9 年后，他在巴黎建立了自己的宫廷。在那里，亚瑟让值得信任和忠心耿耿的人掌管高卢各省，最后他自己回到英格兰。

宴会结束后，骑士们举行了一场为期三天的比武大会。

亚瑟随后在军团之城（City of Legions）举行了盛大宴会和庆祝活动。蒙茅斯的杰弗里说，军团之城就是现代蒙茅斯郡的卡利恩（Caerleon），位于乌斯克河畔（River Usk）。大城市的领主、国王和王子以及高级神职人员出席了盛会。蒙茅斯的杰弗里列举了众多显要人物的名字，并补充说，除了西班牙，欧洲任何地方重要的王子都没有缺席。

在这次庆典上，亚瑟加冕为王。当然，他已经得到了他父亲的王冠，但现在是加冕为凌驾于其他国王之上的至尊王。宗教仪式结束后，亚瑟举办了两个宴会——一个是男人的宴会，一个是女人的。这是自古特洛伊时代以来一直保持的传统，亚瑟是特洛伊英雄的后裔。

蒙茅斯的杰弗里详尽描述了宴会的辉煌，据描写，成千上万的侍从——其中许多似乎是年轻的贵族——为宴会提供食物。他补充说，时尚已经变得有些统一，骑士穿着相似，女士们也根据宫廷时尚选择服装。礼节和骑士精神现在已经成形，如果一个骑士至少三次战斗都表现糟糕，那么女士不会向他示爱，这已经成为一种习俗。

宴会结束后，骑士们举行了一场比武大会，他们骑马搏斗，而其他次要人物则进行运动和游戏。比赛持续三天，这些项目比赛都为获胜者提供奖品。第四天，亚瑟召集贵族和神职人员来给他的支持者授予荣誉、等级和权力。

与罗马的战争

当亚瑟给他的人民授予荣誉时，罗马的使节带来了卢修斯·提比略（Lucius Tiberius）的一封信。历史上，尽管东罗马帝国仍然完好无损，但此时西罗马帝国已经解体为少数几个残余国家。然而，蒙茅斯的杰弗里将卢修斯描绘成了一位强大的统治者，他认为自己有权命令亚瑟臣服。

卢修斯在给亚瑟的信中指责他没有遵循数百年前盖乌斯·尤利乌斯·恺撒的命

亚瑟宁愿拒绝罗马人的要求，让剑来决定。

令向罗马进贡，还指控亚瑟入侵了高卢部落的领土，这些部落也是罗马的进贡国。后一项指控有些许道理，亚瑟确实征服了这些土地。没有进贡已经不再重要。然而，亚瑟被命令到罗马接受审判，并受到警告，如果他不照做，战争将一触即发。

亚瑟与卡多尔讨论此事，卡多尔认为与罗马开战可能是件好事。这将防止不列颠人变得懒散懈怠，并且还能给战士们提供一个赢得名声和荣誉的机会。亚瑟向贵族们发表讲话，询问了他们的意见，并表示虽然卢修斯的要求令人恼火，但他可能并不是真正的威胁。亚瑟说，关于他入侵高卢、损害了罗马利益的控诉甚至不值得回应，因为罗马已经放弃了这些土地，也没有试图保卫它们。

亚瑟明确表示，他认为要求进贡是不公正的，而且也许是相当愚蠢的，如果罗马认为它有权要求不列颠进贡，那么不列颠也可以向罗马提出类似的要求。他显然认为，既然他是罗马驻不列颠总督的直接继任者，那么他也是罗马领主的继任者。这是一个合理的观点，罗马历史上几个非常重要的人物，包括皇帝，都来自不列颠。

亚瑟清楚传达出来的意思是，最好拒绝这些要求，让剑来决定。然而，他听取了领主们的建议，并明确表示，他倾向于就如何应对达成一致决定。霍尔带头支持亚瑟的想法，其他领主也纷纷表示支持。霍尔预言，将有三个不列颠人统治罗马帝国。前两个——君士坦丁和贝利努斯已经出现了，亚瑟会是第三个。

亚瑟的领主们团结一致地同意了对罗马的战役，并许诺会出大量兵力。在指示何时何地集结军队后，亚瑟会见了罗马使节，并告诉他们，他确实打算去罗马，但除了去战斗之外，他不会面对任何审判。

与此同时，罗马人也正在集结自己的军队。蒙茅斯的杰弗里笔下的那些国王——许多来自中东和北非——派遣军队援助罗马，阵容庞大，令人印象深刻，当然，这完全是虚构的。几个世纪前的罗马帝国也许能够集结这样一支部队，但此时在意大利的残余势力甚至无法抵御野蛮人的入侵。

亚瑟离开了王国，将王国交由王后桂妮维亚和侄子莫德雷德管理，莫德雷德是洛特王的儿子。在战役的最后准备阶段，亚瑟梦见龙和飞熊战斗。大家对此进行了各种各样的解释，但是，由于梅林在这个版本的故事中没有参与亚瑟的生活，所以

上图：在蒙茅斯的杰弗里的故事中，亚瑟领导庞大的军队，与一支由众多完全虚构的国王领导的庞大罗马军队对抗。

亚瑟离开了他的王国，将王国交由格温娜维尔和他的侄子莫德雷德管理。

没有明确的建议可以听取。

当军队等待其所有特遣队到达时，有消息传来说，一个来自西班牙的巨人俘虏了霍尔公爵的侄女海伦娜（Helena），并将她藏在圣米歇尔山上（St. Michael's Mount）。巨人看起来无懈可击，他可以倾覆船只，向靠近的士兵投掷石块或飞镖。

亚瑟决心对付巨人，他只带着最亲密的同伴出发了。亚瑟没能来得及救海伦娜，但亚瑟仍然能够在巨人的营地里奇袭他，并努力阻止巨人拿起他的大棍。但亚瑟没有成功，因而遭到了巨人暴击。以牙还牙，亚瑟也刺伤了巨人的额头，流下的血阻碍了巨人的视线，于是巨人撞上了亚瑟的剑。亚瑟砍下巨人的头颅带回军队，并展示给他的手下看。

亚瑟集结军队后，向卢修斯·提比略的军队进军，并在其附近安营扎寨，派遣特使命令罗马人撤退，否则他们要在战场上直面不列颠人及其盟友。但他们的会面进行得并不顺利，罗马人侮辱了不列颠人，随后战争爆发。前往外交谈判的特使团被迫进行战斗撤退。

罗马人紧追其后，但他们随后遭到 6000 名不列颠人的袭击，四下逃散，而当 1 万名罗马人增援后，情况发生了逆转。不列颠人也有更多援军抵达，一场大规模的战斗随之而来，罗马人优越的纪律和更好的战术开始发挥作用。看到这种情况，不列颠指挥官冲过罗马军队，开始与其指挥官战斗。这场战斗后来演变成了一场

右图：据记载，亚瑟亲自斩首了罗马的两个国王，但在这个故事里，他没有与罗马指挥官交战，后者被一个不知名的对手杀死。

全军混战，罗马指挥官在混战中被抓获。

混乱的罗马人最终被不列颠人的冲锋击溃，不列颠人的指挥官随后向亚瑟报告说，他们未经允许就开始了一场战斗，但最终取得了胜利。亚瑟对他们的表现很满意，命令把罗马俘虏押送回去。当护卫队行军离开战场时，遭到15000名罗马人的袭击。尽管进行了英勇防御，不列颠人还是濒临失败，直到皮克塔维亚国王听说罗马人的计谋后，拿出一部分兵力，击溃了伏兵。

这些失败挫败了卢修斯·提比略的士气，他开始向奥古斯托杜努姆（Augustodunum）撤退。亚瑟前往拦截卢修斯，他将部队分成七个同等规模的分队，以及一个预备队，以防天有不测风云。他命令步兵直接与敌人交战，骑兵则试图侧翼进攻以扰乱敌人。做了这些准备之后，亚瑟向他的军队发表了最后讲话。

听闻亚瑟的准备工作，卢修斯·提比略决定停止撤退，还击不列颠人。他也发表了振奋人心的演讲。军队按战斗顺序集结，罗马人发起了第一次冲锋。双方的其他分队也都卷入战场，一场大规模的战斗爆发，在这场战斗中，双方都立下了许多壮举，也有很多知名人士阵亡。

卢修斯·提比略曾一度亲自参与战斗，在战争最激烈的时候，英勇的不列颠人试图杀死他。但他们的进攻最终被击退，形势开始逆转，此时局面对亚瑟军队更为不利。在这个关头，亚瑟拔出他的石中剑，告诫他的部下要勇敢，便冲进罗马军队，斩下了两个国王的首级。尽管在亚瑟的剑所及之处，没有一个人可以幸存下来，局势仍然对亚瑟一方不利，直到不列颠人最后一支预备队攻击了罗马后方。卢修斯·提比略被一个不知名的人杀死，罗马军队最终溃不成军。

不列颠人继续追击罗马军队的残余，杀死那些不投降的人，然后把卢修斯·提比略的尸体送到罗马元老院，并传达了一个信息：这是亚瑟唯一会送去的贡品。然而，不列颠人并没有继续进军意大利。相反，亚瑟忙于减少在该地区的据点。春天来临，当亚瑟准备进军意大利时，不列颠传来噩耗。

亚瑟和莫德雷德

在亚瑟王传奇的其他版本中，莫德雷德是亚瑟的私生子，但在蒙茅斯的杰弗里版本中，他是洛特王和亚瑟的妹妹（或同母异父的姐姐）莫高斯的孩子。亚瑟让莫德雷德留下来管理不列颠，可他却篡夺了亚瑟的王位，娶了桂妮维亚。这似乎是莫德雷德和桂妮维亚两相情愿的结果，他们都成了叛徒。

莫德雷德集结了一支由亚瑟的敌人组成的军队，开始保卫他的新王国。军队的战士们来自爱尔兰、苏格兰和皮克特兰，但大多数是来自日耳曼尼亚的撒克逊人。在伏提庚和亨吉斯特时期，他们曾拥有过英格兰的领土，莫德雷德现在又将这些领土许诺给了他们。

当亚瑟率领部分军队在不列颠登陆时，他们立即遭到攻击，蒙受了巨大损失之后，才成功赶走了敌人。亚瑟的战术似乎是取得胜利的决定性因素，他先与步兵正面交战，然后派遣骑兵从斜方杀入，扰乱对方阵形。莫德雷德回到温切斯特（Winchester），开始改革他的军队，而桂妮维亚则逃到了一所修道院。

亚瑟围攻莫德雷德，莫德雷德带着军队冲破了封锁。在一场血战后，他被击败，又开始向康沃尔撤退，而亚瑟则一直追击。到坎布拉河（Cambula River）时，莫德雷德进行了最后的战斗，这引发了通常被称为卡姆兰战役的交锋。

亚瑟采取他对战罗马时的策略，把军队分成了九个分队。莫德雷德也把他 6 万人的军队分成四部分，其中三个部分各有 6666 人，其余的人都纳入莫德雷德亲自指挥的那一部分。

双方势均力敌，导致厮杀持续了一天之久，直到亚瑟率领私人部队（也有6666 人）直接攻占莫德雷德的阵地时才结束。亚瑟率领他的部下突破了敌人的防线，

右图：卡姆兰战役是一场史诗级的大屠杀，双方都有国王、著名骑士和其他知名人士被杀。莫德雷德在战斗中阵亡，但这并没有大挫他的追随者。亚瑟赢得了战斗，但代价是受到了致命伤。

但即使莫德雷德被杀，他的部队仍在战斗。蒙茅斯的杰弗里列举了许多在战斗中丧生的国王、领袖和知名人士，亚瑟本人也受了致命伤。

亚瑟死后

临终时，亚瑟任命康沃尔公爵卡多尔的儿子君士坦丁为他的继任者。蒙茅斯的杰弗里相当实事求是地说，亚瑟后来被带到阿瓦隆岛治疗伤口。与此同时，君士坦丁于公元542年继承了不列颠王位，并不得不立即应对莫德雷德两个儿子领导的叛乱。他们被打败后逃跑了，在圣地寻求庇护。君士坦丁俘虏了他们，并未经审判就处死了他们。更重要的是，他们是在圣地被行刑处死的。

撒克逊人也是一个旷日持久的问题，君士坦丁在他短暂的统治期间与他们进行了多次战斗。在杀死莫德雷德的儿子三年后，他被自己的侄子奥雷留斯·柯南（Aurelius Conan）杀死；蒙茅斯的杰弗里称这是上帝的复仇。

君士坦丁与尤瑟·潘德拉贡一起葬在巨石阵，奥雷留斯·柯南继承了王位。蒙茅斯的杰弗里说，他非常勇敢，却以内战为乐。他费尽心思获得了王位，但这只是昙花一现，两年后奥雷留斯·柯南就撒手人寰了。

大量来自欧洲大陆的撒克逊人不断困扰着后来的国王们。尽管这些国王都英勇无畏，有时拒敌还十分成功，但亚瑟统治的黄金时代并没有重现，不列颠日渐衰落，无法抵御入侵。在卡雷蒂库斯国王（King Careticus）统治时期，撒克逊人和入侵爱尔兰的阿非利加人的国王（King of the Africans）结成联盟，践踏蹂躏整个不列颠。城市被夷为平地，破坏极为严重，蒙茅斯的杰弗里说，几乎整个岛的表面都被烧毁了。

左图：在这个版本的故事中，亚瑟在和莫德雷德的决斗中没有使用石中剑，而是用标枪刺穿了莫德雷德。莫德雷德在战斗中当场死亡，而亚瑟则勉强活着见证了战争胜利。

不列颠人被迫退至偏远地方，尽可能寻求安全，而洛格雷斯成为撒克逊人的领地。不列颠的历史在蒙茅斯的杰弗里的版本中虽然还在继续，但亚瑟王和不列颠人的伟大时代已经真正结束了。在亚瑟之后，不列颠陷入内战、异教和灾难之中，这与亚瑟统治时期骑士的黄金时代截然不同。

当然，这一切除了在最普遍流传的故事中存在外，现实中都没有真正发生过，但蒙茅斯的杰弗里编织了一个更美好的英雄时代的故事，至今仍吸引着读者。他的故事讲述了一个光明辉煌的时代，在随后的黑暗时代中也仍然为人们所铭记。其他人在这个故事的基础上添砖加瓦，但蒙茅斯的杰弗里给了我们原汁原味的故事。

左图：亚瑟被带到阿瓦隆岛治疗伤口。在他身后，留下了一个因他的离开而日渐衰败的不列颠。很快，亚瑟所有的伟绩都将消失，只余下一个光辉传说。

第三章
冒险故事

蒙茅斯的杰弗里讲述的亚瑟王传说是一个相当直截了当的故事，主要描述了亚瑟王与撒克逊人和其他敌人之间的战争。偶尔会有巨人或龙，但在大多数情况下，这是一部政治惊险小说，而不是一部动作英雄冒险故事。

左图：温切斯特城堡的圆桌可追溯到 1250 年左右，在亨利八世统治时期重新修缮，可能是为了圆桌比武大赛而做的准备，在大赛中，参与者扮演亚瑟王传说中的不同角色。

上图：诗人韦斯一生大部分时间都生活在诺曼底，他在世时应可目睹诺曼底人征服英格兰。他在 1150 年至 1155 年期间创作了《布鲁特传奇》，并将亚瑟的剑更名为断钢圣剑，但其他方面通常与蒙茅斯的杰弗里的版本一致。

杰弗里笔下的亚瑟是一位励精图治、鼓舞人心的领袖，他为自己的王国而战，最终自身没有过错却遭到背叛。在这个版本的故事中，除了亚瑟之外，对其他人几乎没有过多描述，更是完全没有提及探险骑士。亚瑟的一生中也鲜有超自然事件，许多今天认为是传说核心的元素也不存在。寻找圣杯、石中剑以及圆桌骑士团的核心理念都是后来添加的。

第一个亚瑟王传说的新版本故事于 1155 年发表，仅在原始传说出版后不久。由诗人韦斯（Wace）所写，名为《布鲁特传奇》（*Roman de Brut*）。这部作品将蒙茅斯的杰弗里的《不列颠诸王史》翻译成诺曼诗节，献给了不列颠的新霸主。韦斯重述了杰弗里笔下自布鲁图斯创建不列颠以来的故事，并增加了圆桌的概念。

圆桌的想法在中世纪是非常激进的，那时，优先权极为重要。如果一个领主有很多客人，地位最高者会受到最好的食宿待遇。那些社会地位低下的人只能在大厅里睡觉，而地位最高的人可以在靠近火炉的最佳位置休息。

晚餐时，地位最高的客人和主人一起坐在高桌旁，其中离主人最近的人最为显赫。如果只有一张桌子，主人坐在上座，主人身旁则是地位高的宾客。坐席地位更高（离主人或上座更近）是一种优先的标志，也是一般地位相同的贵族之间争吵不休的原因。

团结平等的象征

出于社会、政治和军事原因，优先权极为重要，但对它的争夺会分裂伙伴和朋友。通过创建一个没有人能凌驾于其他人之上的圆桌——甚至亚瑟也不例外——缓解了优先权争端引起的紧张局势。虽然在圆桌上有些人仍然比其他人坐得更靠近亚瑟，但圆桌本身象征着团结和平等。

相较于其他国王们出于非常充分且必要的理由，通常把自己置于他人之上，并高度关注和维护自身地位，亚瑟决定与骑士们处于同等地位似乎有些奇怪。这当然不是大多数中世纪国王会考虑的。国王平等对待贵族的话，可能会发现他的权威被削弱了。

当然，亚瑟仅授予最优秀、最忠诚的骑士成为圆桌成员的资格。在那些表明了忠心和自身价值，且处于同等地位的骑士中，亚瑟是头领，他获得这一地位是由于他赢得了尊重，而不是由于他把权威强加给臣民——至少理论上是如此。实际上，一些圆桌骑士确实背叛了亚瑟或行为有悖于他的最大利益，这使得他们也背叛了友谊。

左图：圆桌骑士中的许多人本身就是国王，但他们都是平等的。

行为准则

亚瑟王的宫廷，正如蒙茅斯的杰弗里所描述的以及韦斯所补充的那样，是一个充满骑士精神和荣誉的地方。最优秀和最高贵的人渴望加入圆桌骑士团，而来自其他王国的知名人士则出于政治目的来到这里。这是关于英雄主义和骑士精神的冒

亚瑟被警告说这次狩猎不会有任何好处。

险故事的绝佳背景，也会诞生许多令人瞩目的人物，他们的冒险故事以原始的亚瑟王传说为背景。

伟大的亚瑟王传奇的背景现在已经设定就绪，法兰西诗人克雷蒂安·德·特鲁瓦（Chrétien de Troyes，1130—1191 年）开创了一种新的写作体裁。他增加了寻找圣杯的故事，甚至卡米洛特这一元素本身也是他新增的；兰斯洛特这个人物是他的另一项发明创造。因故事需要，他调整了一些细节，他笔下的亚瑟没有蒙茅斯的杰弗里笔下的亚瑟那么励精图治，有时甚至是一个相当软弱的君主，他的臣民基本上可以为所欲为。因此，那些很可能由杰弗里笔下的亚瑟亲自（并花极大精力）处理的危机，就需要由克雷蒂安笔下的其他英雄关注。在一些新版本的亚瑟王故事中，亚瑟是关键人物；另一些版本中，亚瑟王的故事为其他人的事迹提供了背景。

上图：1300 年左右亚瑟狩猎的写照。狩猎不仅仅是运动，它还促进了尚武和冒险精神。狩猎也涉及大量的体育锻炼和不小的风险。

克雷蒂安·德·特鲁瓦的第一首诗讲述的是圆桌骑士艾莱克爵士（Sir Erec）的生平。亚瑟王在卡迪根（Cardigan）朝会上决定要猎杀白色牡鹿。这不仅仅是一次狩猎，因为白色牡鹿被认为具有超自然特性。这种想法可能来自古代凯尔特人传统，即野兽与另一个世界相连。

有人警告亚瑟说，这场狩猎不会带来任何好处，因为根据传统，任何抓住牡鹿的人都要亲吻宫廷中最美丽的女士。这将不可避免地引起在场的500位女士之间的分歧，更重要的是她们的丈夫和情人之间的分歧。亚瑟承认了这一点，但还是决定继续。

艾莱克是一位非常伟大和受人尊敬的骑士，他没有参加狩猎，而是留下来陪伴王后和她的女仆，亚瑟王和他的手下则冲上去追赶牡鹿。当他们追捕到很远的地方时，桂妮维亚发现一个陌生的骑士向她靠近，就派女仆去问他是谁。女佣试图询问，但被骑士的仆人——一个侏儒——用鞭子赶走了。

艾莱克爵士随后被派去与骑士谈话，但也被侏儒的鞭子击中。他撤退到王后身边，因为他无法在不与骑士主人战斗的情况下攻击侏儒。艾莱克当时手无寸铁、身无寸甲，觉得只要稍有挑衅，这位陌生的骑士就会杀死他。骑士骑马离开，艾莱克跟踪而去，打算在路上设法搞到武器。

与此同时，亚瑟杀死了那只牡鹿，现在必须亲吻宫廷中最美丽的女士。这在宫廷的骑士和贵族中引起了骚动，亚瑟向他的侄子高文爵士征求意见，询问如何平息这场骚动。他召开了一场会议，包括国王和王子在内最优秀、最勇敢的人参加了会议，共同讨论如何解决这一问题，但当桂妮维亚告诉亚瑟早些时候发生的事件后，亚瑟决定将亲吻推迟到艾莱克爵士回来。

跟随那位陌生而邪恶的骑士，艾莱克爵士来到一个小镇，在那里他向一位谦恭但贫穷的封臣（vavasor）寻求寄宿。封臣的含义相当模糊，通常指的是等级低于骑士的贵族。封臣的女儿非常漂亮，但在一个值得托付的求婚者出现之前，她满足于生活在贫困之中。

镇上在举办盛典，陌生骑士是参加盛典的人之一。封臣把他的武器借给了艾莱克，方便他入场。艾莱克透露了他的身份，说他的父亲是拉克国王（King Lac），如果封臣的女儿认为他合适，那么有一天她会成为国王的妻子。大家都乐见其成，所以第二天艾莱克就可以参加盛典了。在这些活动中，有一场赢得雀鹰的比赛，该奖项将授予由最美丽的女士陪同的骑士。

决斗的骑士

　　在这场比赛中，艾莱克与这位陌生骑士进行对决，经过一番唇枪舌剑，他们开始用长矛互相攻击。双方都掉落下马后，他们继续用剑搏斗，直到彼此都筋疲力尽。这两位骑士由于一直无法打伤对手，并对决斗进行了这么长时间感到尴尬，同意停下来稍作休息。

　　休息了一段时间后，他们开始再次攻击对方，将对方的盾牌劈成碎片，刺穿盔甲，进行有力的攻击。最后，艾莱克击倒了对手，正要将他置于死地，另一位骑士请求他手下留情。艾莱克解释了他带着如此仇恨而战的原因，并要求这位陌生骑士立即前往王后那里，为他对女仆造成的伤害负责。

右图：这幅艾莱克和爱妮德（Enide）爱情故事的插图显示，在妻子的注视下，艾莱克摧毁了对手。艾莱克的妻子十分忠诚，但长期受苦。她的忠诚和他的英雄主义是这个故事的核心概念。

这位名叫艾登（Yder）的骑士照做了，并臣服于王后。他坦白了所发生的一切，包括自己被艾莱克爵士打败的事实。桂妮维亚

一个落马的骑士在试图站起来时会受到攻击。

说他的惩罚应该从轻处理，因为他在失败后表现得十分得体，但亚瑟决定，如果艾登加入他的宫廷，他将免受任何惩罚。

与此同时，艾莱克与镇上的人们和领主一起庆祝了他的伟大胜利，并准备在他父亲的王国授予贫困的封臣高位。然后他回到宫廷，受到国王、王后和许多名人的欢迎。

在这段故事中，克雷蒂安·德·特鲁瓦详尽描绘了王后送给艾莱克准新娘的华丽服装和礼物，当准新娘来到宫廷时，克雷蒂安列举了许多圆桌骑士的名字。他说，其中第一位是高文，第二位是艾莱克，第三位是兰斯洛特。亚瑟机智地决定把推迟的亲吻给艾莱克的未婚妻，这没有引起任何异议。

上图：在这幅描绘一场比武大赛的图画中，骑士们装备的是中世纪晚期风格的板甲，这种板甲很可能是专为格斗而加固的。穿着锁子甲搏斗要危险得多，有时甚至会丧命。

艾莱克遵守了他对封臣的诺言，给他送了许多丰厚的礼物。他还请求亚瑟王允许他在宫廷结婚，获得了批准。最后，艾莱克未婚妻的名字公之于众，她名叫爱妮德，两人在坎特伯雷大主教的主持下成婚。

婚礼十分盛大，接下来是数周的庆祝活动和比武大赛。克雷蒂安·德·特鲁瓦对此的描述表明，这不是中世纪后期为争夺奖品而进行的正式角逐，而是一种暴力行为，一名落马的骑士在试图站起来时会遭到攻击。骑士们战斗到被迫投降，然后向俘获他们的人支付赎金。

这种比赛极为危险，艾莱克在比赛中展示了他的实力。他用长矛干净利落地击败了两名著名骑士之后，艾莱克与红城国王（King of the Red City）交手。在双方都击碎了长矛后，艾莱克打败了他的对手，但没有停下来拿他的赎金，因为他迫不及待要在新对手身上展示自己的武艺。

比武大赛结束时，艾莱克已经证明自己是所有参赛者中的佼佼者，但不久之后他就离开了，回到了自己的祖国，在那里他受到了热烈欢迎。亚瑟认为艾莱克爵士是圆桌骑士中除了高文之外最有能力的人，然而，艾莱克和爱妮德十分享受他们美满的婚姻，很快，艾莱克爵士就对军事活动失去了兴趣。

很快，有谣言开始说艾莱克是个懦夫。他对此一无所知，但爱妮德知道他们在说什么。起初，爱妮德对他隐瞒了这一点，但越来越感到内疚，因为人们竟然这样谈论这位最伟大的骑士，他不再是曾经的英雄了。最终爱妮德无意中泄露了自己的想法，导致艾莱克采取了行动。

艾莱克立即穿上盔甲，和妻子一起骑马外出，并拒绝带任何同伴。他让爱妮德不要和他说话，除非他先开口说话。爱妮德骑在丈夫前面，发现了三名骑士，他们显然计划伏击艾莱克。经过片刻的犹豫，爱妮德无视丈夫的指示，向他发出警告。

受到攻击的艾莱克

克雷蒂安·德·特鲁瓦以相当生动和激动人心的方式描述了随后的战斗。这在很大程度上是一个动作冒险故事，而不是传奇国王历史。值得注意的是，这三名骑士——尽管他们以抢劫和伏击为生——依旧遵守当时的准则，一个接一个发动攻击。看来，即使对强盗来说，围攻行为也令人不齿。

左图：亚瑟王时代比武大赛的流行形象很大程度上是由文学塑造的，比如1910年的《通往丁尼生的大门》（*The Gateway to Tennyson*），这幅插图选自此书。丁尼生的作品大体上是根据原始的亚瑟王传奇改编的。

　　战斗结束后，艾莱克警告爱妮德，不允许她再忤逆自己，不得在自己没有开口的情况下说话。爱妮德同意了，但当五名骑士接近他们意图抢劫时，她再次发出警告。艾莱克告诉她，自己不会对她的行为表示任何感激，并再次警告爱妮德不要违抗他。

　　在后来的旅途中，两人在一个小镇过夜，小镇的伯爵提出要把爱妮德从目前的困境中解救出来。尽管她很痛苦——有充分的理由，她的丈夫待她很不好——但她拒绝了这份好意。这激怒了伯爵，他威胁要在爱妮德面前杀死艾莱克。爱妮德主动提出了一个不同的方案，能让这件事看起来不那么不光彩，并向伯爵做出了保证。

艾莱克决定不逃跑，而是与那 100 人作战。

爱妮德为自己再次决定与丈夫说话而感到苦恼，之后，她还是告诉了丈夫伯爵会背叛他。于是两人溜走了，但遭到了伯爵和他 100 名骑士的追杀。艾莱克决定与他们所有人战斗，而不是逃跑，他杀死了伯爵的总管，并重伤了伯爵本人。伯爵对自己的背叛行为追悔不已，命令手下停止追捕。

在这之后，尽管爱妮德害怕丈夫发怒，她还是再次警告丈夫有危险逼近。这一次是一个可怕的骑士，他想和路过的陌生人较量一下，检验自己的实力。两人在第一次交锋时都被长矛击伤，但在接下来的六个小时里，他们继续用剑徒步作战。爱妮德则在一旁观战，她担心可能会失去自己的丈夫。

这位陌生骑士折断了剑，被迫投降，艾莱克询问他的名字。他说自己是小吉弗雷特（Guivret the Little），是邻国的国王。他希望艾莱克成为自己的朋友，并展现了极高的热情，但艾莱克谢绝了。吉弗雷特表示，如果艾莱克向他请求援助，他会很乐意助他一臂之力的。在包扎好彼此的伤口后，两人就这样分手了。

接下来，艾莱克和爱妮德来到亚瑟王的宫廷。迎接他们的是亚瑟王的总管凯爵士，但他不认识艾莱克。由此引发了一场争端，导致了两人进行比武，凯爵士在比武中被击败，因此亚瑟派高文爵士邀请这位陌生骑士作客。艾莱克拒绝了，但当高文与他谈话拖延时间时，亚瑟转移了整个营地，挡住了艾莱克的去路。他们的计谋获胜，艾莱克公布了自己的身份，受到了昔日同伴的热情接待。

艾莱克坚持第二天继续前进，拒绝留在亚瑟的营地。不久，他遇到了一位女士，女士的情人被两个巨人俘虏。艾莱克被她感动，决定营救她的情人骑士，于是动身追赶。他追上了巨人，斥责他们残酷对待俘虏。巨人拒绝释放骑士，艾莱克发出了挑战。

在杀死巨人之后，艾莱克派他所救的骑士塔布里奥的卡多克（Cadoc of Tabriol）去找亚瑟王，并告诉他发生了什么事。当艾莱克回到爱妮德身边时，他身上的伤口再次裂开，随后倒地不起失去意识。爱妮德十分害怕他死去，想自杀来结束悲痛，但被一队骑士阻止，他们把艾莱克带到了他们的镇上。

镇上的领主，利默斯的奥林格格伯爵（Count Oringle of Limors），提出要娶爱妮德为妻，并试图让她进食。爱妮德不愿意，即使受到殴打和威胁，她也不向伯爵妥协。在这个节骨眼上，艾莱克从昏迷中苏醒过来，拯救了他的妻子，击溃了骑士并杀死了他们的领主。两人逃跑时，艾莱克告诉爱妮德，他不再怀疑她的爱和忠诚。

小吉弗雷特听到他的新朋友被杀的谣言感到很难过，他召集了 1000 名战士陪他去利默斯。小吉弗雷特表示，如果伯爵不交出艾莱克的尸体，他会大肆攻击该镇，抢走艾莱克的尸体，可见他十分看重艾莱克。然而，小吉弗雷特的部队在夜间遇到了艾莱克和爱妮德，但没有认出他们，所以吉弗雷特和艾莱克又进行了一次决斗。

这次决斗时间很短，因为艾莱克已经遍体鳞伤了。当艾莱克受伤倒下时，爱妮德试图保护他。她责备吉弗雷特攻击一个奄奄一息的男人，吉弗雷特表示如果爱妮德透露他们的身份，他就停手。然后，吉弗雷特为这次误会和决斗向他的朋友道歉，并得到了原谅。艾莱克和爱妮德一直和吉弗雷特在一起，直到艾莱克伤口痊愈，他们发现对彼此的爱比以往任何时候都要深刻。故事的剩余部分讲述了更多的冒险经历，直到最后艾莱克和爱妮德回到家中继承了艾莱克父亲的王国。然而，这些都是后话，是在解开了故事的主要推动主题——艾莱克和爱妮德之间的紧张关系之后发生的。

上图：无论走到哪里，亚瑟王的宫廷都跟着他。他的宫廷可以在自己的某座城堡里，在和自己一起的朋友的城堡里，或者就在路上某个地方驻扎的临时营地里。

上图：理想的宫廷爱情——如果真的存在的话——可以帮助提升骑士的地位，使骑士的地位高于粗犷的战士。任何人都可以战斗，正是骑士的举止和礼貌使他与众不同。

这个故事也许是许多其他亚瑟王冒险故事的典范。许多元素在其他地方重复出现，包括通过体面战斗中的骑士礼节从而化敌为友，以及很难对付的且行为有时毫无意义的英雄。例如，艾莱克和吉弗雷特只需要说几句话就可以避免第二次战斗，但出于某种原因，他们反而保持沉默。艾莱克对爱妮德的态度也有许多可疑之处。

这个故事的目的显然是为了娱乐，就像动作小说或电影一样。书中充斥着骇人听闻的有关头盔被削掉的描述，而剑和长矛也经常能刺穿锁子甲并伤及身体重要器官。荣誉和骑士习俗也很普遍，即使是在巨人和强盗中也是如此。骑士们遵守规则，即使被击败，艾莱克仍然遵循荣誉准则，而不是鬼鬼祟祟地试图获得不公平的优势。

然而，最重要的是，这是一个宫廷爱情故事，但不是寻常的宫廷爱情，因为这对恋人实际上已经跟对方结婚。更常见的宫廷爱情是，一名骑士和其他人的妻子之间发生了注定不幸的婚外情。然而，这个故事的驱动力是冒险，以及以冒险的名义做出的相当奇怪的选择。艾莱克和爱妮德的故事有一个圆满的结局——尽管受到了极限考验，爱妮德还是表现了她对丈夫的忠诚，艾莱克也与所有来者战斗以保护她，最后爱妮德成为艾莱克的王后，两人一同回家了。其他亚瑟王传奇故事对他们的主人公就没这么友好了。

克里格斯

亚历山大发誓在亚瑟亲自封他为骑士之前不戴头盔。

《克里格斯》（*Cligès*）是克雷蒂安·德·特鲁瓦的第二篇长诗，出版于 1176 年。它分为两个主要部分，第一部分关于克里格斯父亲的所作所为，第二部分关于克里格斯本人的所作所为。他父亲名叫亚历山大（Alexander），是希腊和君士坦丁堡皇帝的儿子。亚历山大的血统高贵而光荣，但他并没有成为自己国家的骑士，而是决心前往亚瑟王的宫廷。

亚历山大对亚瑟宫廷的传闻印象深刻，他发誓在亚瑟王亲自封他为骑士之前不戴头盔。他获得了一大笔钱，足以使他前往英格兰，但皇帝也赞扬了贵族的美德，其中慷慨最为重要。

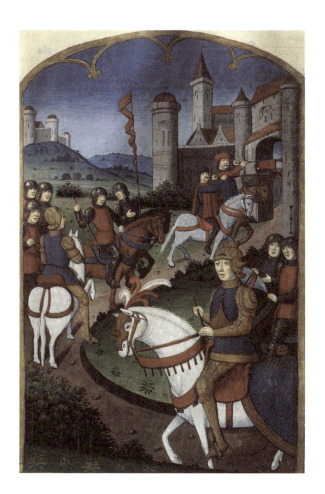

经过长途跋涉，亚历山大和他的同伴们在难以忍受的晕船状态下抵达南安普敦（Southampton），想寻找亚瑟王，却被告知他在温切斯特。克雷蒂安·德·特鲁瓦充分描写了希腊人的高尚品质，他们年轻英俊、彬彬有礼、举止得体，受到文明的亚瑟王宫廷的欣然接纳。

亚历山大和他的朋友们在宫廷受到欢迎，亚历山大本人也成为高文爵士的挚

左图：一幅 15 世纪亚瑟及其骑士团抵达城堡的插图。王国周围偶尔出现的王室出巡有助于提醒贵族们，他们并非在国王的掌控之外。

友。自然而然，他成为陪同亚瑟去布列塔尼团队中的一员，在船上他遇到了一名为王后服务的少女，名叫索雷达摩斯（Soredamors）。索雷达摩斯是高文爵士的妹妹，此前一直对爱情毫无兴趣。

索雷达摩斯发现自己被亚历山大吸引，为情所困。由于不知道亚历山大也有同样的感受，她为此痛苦了一段时间。桂妮维亚王后看到他们两人都很痛苦，以为他们都晕船了，直到他们在布列塔尼登陆。

克雷蒂安·德·特鲁瓦详细讲述了索雷达摩斯和亚历山大因彼此的爱所造成的折磨。他们在布列塔尼亚瑟的宫廷里待了几个月，日日夜夜都在为爱受苦。最后，有消息传来，亚瑟离开时选择温莎的昂热伯爵（Count Angres of Windsor）代替他管理英格兰，而他背叛了亚瑟，并组建了一支军队来对付亚瑟。

亚瑟也组建了自己的军队，据克雷蒂安·德·特鲁瓦描述，这是世界上有史以来规模最大的军队，随后起航前往英格兰。亚历山大和他的同伴们请求受封为骑士，以便他们能参加战斗，亚瑟同意了。在亚瑟王提供武器和马具的同时，王后桂妮维亚也希望给亚历山大一件礼物，于是送给他一件镶有金线的丝绸衬衫。亚历山大并不知道这件衬衫是索雷达摩斯缝制的，她还掺入了自己的一些头发来代替金线。

在亚瑟庞大的军队逼近时，昂热伯爵逃到了温莎城堡——但此前他已经彻底洗劫了伦敦。昂热伯爵的骑士们在他们的堡垒里很安全，因为他们早已预料到这种情况，整个夏天都在加固城堡，所以全然不怕亚瑟的军队，甚至在对方军队虎视眈眈下出来练习格斗。

亚历山大想要声名远扬，他带领同伴涉过一个浅滩，攻击敌方骑士，在最初的长矛交锋后，他打得敌方骑士落荒而逃。亚历山大在惊慌失措的敌人中间短促冲击后，他带着四名俘获的骑士返回营地。亚瑟想立即处决他们，于是亚历山大把他们交给了桂妮维亚处理。

亚瑟和桂妮维亚在争论俘虏的命运时，索雷达摩斯注意到亚历山大穿着她做的衬衫。就在她思考这件事的含义时，亚历山大被告知他的行动令国王很满意，因此他将被分派去指挥一支部队。战斗结束后，亚瑟许诺把威尔士最好的王国授予亚历山大，成为他的封地。

尽管对昂热伯爵据点的攻击非常激烈，但进展甚微。在克雷蒂安·德·特鲁瓦

亚历山大和他的部下成功混进了要塞，并毫无预兆地向伯爵冲去。

左图：一张 15 世纪描绘被围困的桂妮维亚的图画。袭击者装备了射石炮——一种原始的大炮，在野战中用处不大，但能有效摧毁城堡城墙。

的描述中，他们使用了吊索、十字弓和标枪，还用投石机投掷了石块。由于没有取得任何进展，亚瑟进行了悬赏，任何能够成功攻破防守的人将会获得丰厚奖励。

与此同时，亚历山大有拜访王后的习惯，王后注意到他衬衫上的金线已经褪色，但索雷达摩斯缝进去的头发却变得更加闪亮。王后让索雷达摩斯告诉亚历山大，这件衬衫是她做的，亚历山大听后很高兴，但两人仍然对彼此的爱缄口不言。

第二天一早，昂热伯爵及其手下在亚瑟的骑士们还在睡觉时，不顾一切地向亚瑟营地发起了进攻。亚瑟一方及时发现了他们，这给了亚瑟军队时间来进行武装准备，于是一场骇人的战斗随之而来，亚历山大在这场战斗中大显身手。最后，昂热伯爵带着他的几个骑士逃回了他的堡垒。亚历山大命令手下从死去的敌人那里夺取装备，使他的部队看起来像敌人，也正在逃离战场。

亚历山大和他的部下装作精疲力竭、士气低落的样子，糊弄着混进了要塞，并毫无预兆地向伯爵扑去。由于寡不敌众，亚历山大带领的部队遭受了巨大损失，他亲自与伯爵交战，为他的朋友卡尔塞多（Calcedor）报仇。经过一场激烈战斗，伯爵逃到了塔楼，亚历山大和他的一些手下继续追杀伯爵。其他人则把守塔楼大门，以防增援部队抵达援助伯爵。

最后，背信弃义的昂热伯爵被俘虏，但堡垒外的人不知道亚历山大的功绩。他们找到了亚历山大和伙伴的盾牌，以为他们已经死了。正当他们哀悼时，堡垒里的俘虏们开始现身，告诉他们亚历山大占领这个城镇的过程，以及亚历山大如何威胁要杀死那些没有立即向亚瑟王投降的人。

亚历山大得到了国王的嘉奖，而桂妮维亚王后更是对其赞赏有加，她把亚历山大和索雷达摩斯叫到了一起，并向他们挑明，每个人都可以看出他们深爱着彼此。于是他们结了婚，不久生了一个孩子，取名克里格斯（Cligès）。与此同时，亚历山大的父亲，即希腊和君士坦丁堡皇帝，已经生命垂危，于是派了使者前来带亚历山大回去。但信使的船在一场风暴中失踪，唯一的幸存者返回家园，声称亚历山大在途中遇难。于是他的弟弟阿里斯（Alis）成了皇帝。

亚历山大只带了一小支护卫队回到雅典，与他的兄弟对质。经过一番谈判后，他们同意阿里斯名义上仍然是皇帝，但亚历山大将掌握实权，克里格斯将继承他的王国。这项安排奏效了，但亚历山大最终病入膏肓。他传唤克里格斯，让他必须去亚瑟的宫廷，证明自己是世界上最伟大的骑士之一。

亚历山大不久就因病去世了，索雷达摩斯也心碎积郁而死。亚历山大和阿里斯之间的协议的一部分是阿里斯保证不会结婚或诞下继承人，但最终他与日耳曼皇帝的女儿菲尼斯（Fenice）结婚。

右图：亚瑟身穿各种盔甲，召集他的部队，这些盔甲组合在一起很有意思。他的高马鞍使他在持矛冲锋时依然稳如泰山，无论是进攻还是防守。

魔法药剂

阿里斯与菲尼斯的联姻引发了与萨克森公爵（Duke of Saxony）的冲突，此前菲尼斯已经与萨克森公爵有婚约在身。克里格斯率领部队打败了撒克逊人，赢得了菲尼斯的钦慕，随后两人相爱。菲尼斯得到了一个名为塞萨拉（Thessala）的女人帮助，她知道如何制作魔法药水。这两人谋划了一场阴谋，让阿里斯获得一种药剂，使他除了在睡梦中外，无法对菲尼斯或任何其他女人产生欲望。

克里格斯受到哄骗，把魔法药水给了他叔叔阿里斯，药水达到了预期效果。因此，虽然菲尼斯嫁给了阿里斯，但她为克里格斯保留了忠贞。然而，萨克森公爵计划在希腊人返回雅典途中袭击他们。克里格斯没有意识到这一威胁，当他被公爵的侄子伏击时，他正在与同伴用长矛训练。克里格斯在上一次与撒克逊人的战斗中已经击败过公爵的侄子，现在又用长矛将其刺死。克里格斯追杀公爵侄子的护卫队时，与撒克逊军队狭路相逢。

萨克森公爵曾经悬赏请人取克里格斯的头颅，一名骑士试图获得悬赏。克里格斯杀死了这名骑士，夺取了他的头盔和盾牌，因为他没有携带自己的头盔和盾牌。当他前往自己的部队时，被误认为是敌人，这正合他意。克里格斯原本是率领自己的部队向撒克逊人挺进，而现在这支部队正在追捕他。撒克逊人则以为他是带着克里格斯头颅回来的骑士，直到他单枪匹马袭击了他们的头领。这引发了一场全面

左图：这幅 13 世纪的插图中的人物是克里格斯和菲尼斯，以及特里斯坦（Tristan）和伊索尔德（Isolde）。克里格斯的故事是对"不以通奸为耻、反以通奸为荣"的特里斯坦的讽刺。

特里斯坦和伊索尔特的故事最初并不是亚瑟王神话的一部分。

交战，克里格斯试图抓获萨克森公爵，但未成功，只得退而求其次俘获了他的马。

与此同时，一队撒克逊骑士抓获了菲尼斯并将她带走。交战双方宣布休战，但克里格斯对此置之不理，继续追捕护送菲尼斯前往萨克森公爵处的那十二名骑士。起初，骑士们以为是他们的公爵靠近了——他的马很特别——但当克里格斯攻击他们时，他们才知道真相。六名撒克逊骑士与克里格斯交战，当然，按照惯例，他们是单独交战的，每个人都依次被击败。

克里格斯随后冲向最后六名骑士，他用一支长矛刺杀了两名，又用剑击溃其他四人，但克里格斯让其中一人给公爵报信，告诉他是谁击溃了他的部下并救回了菲尼斯。公爵大发雷霆，向克里格斯发出了个人挑战，克里格斯接受了。在第一次交战中，两人都落马了，然后开始用剑互相攻击，这是克雷蒂安·德·特鲁瓦描绘的另一场别开生面的战斗场景。精疲力竭的萨克森公爵在长期交战后提出了体面的休战请求，克里格斯接受了这一提议。撒克逊人离开了，希腊人可以自由地返回雅典。克里格斯想去不列颠加入亚瑟的宫廷，但起初他的叔叔阿里斯不同意。最终，他让步了，给了克里格斯很多钱财让他带着。

克里格斯远在不列颠时，菲尼斯为爱所困。克里格斯获得了三套武器，与他之前的武器颜色不同，他还参加了亚瑟王举办的比武大会。对手包括狂野的萨格拉摩（Sagremor the Wild），他非常可怕，没有人敢与他交战。自然，克里格斯径直冲向萨格拉摩，将他击落马下，把他俘虏了。

在整个比武大会期间，克里格斯俘虏了很多人，他骁勇善战，那些被他击败的人仅仅因为曾与他交手，就比其他获胜的参赛者赢得了更多荣誉。第一天，他穿了全黑盔甲，但当天晚上他把黑盔甲藏了起来，第二天早上，他穿着全副绿色盔甲出现。他第一天的手下败将们试图找他，但没找到。

这位绿骑士甚至比前一天的黑骑士更令人印象深刻。他第一场战斗就把兰斯洛特爵士击落马下，并将其俘获，此后他俘虏的人数是第一天的两倍。他又一次隐藏了当天穿戴的绿盔甲，在比赛的第三天穿着红色盔甲出现。那天，他最著名的对手是威尔士的帕西瓦尔爵士（Sir Perceval of Wales），和其他许多骑士一样，帕西瓦尔也被俘获了。

克里格斯随后换成了白色盔甲，同时展示了他所穿戴过的所有其他盔甲——比武大赛中三位不可思议的骑士竟是同一个人。高文爵士随后决定与克里格斯一决高下，在双双落马后，两人用剑战斗，直到他们的盔甲被撕裂。亚瑟亲自制止了他们的战斗，并要求两人成为朋友。

克里格斯被邀请到宫廷中，他透露了自己的身份并受到热烈欢迎。回家前，他陪亚瑟在王国里四处巡访。他和菲尼斯尽可能地隐藏了对彼此的爱意，《克里格斯》这个故事里提到了特里斯坦和伊索尔特（Iseult）的故事。这个关于通奸的悲惨故事和注定没有好结果的爱情，最初并不是亚瑟王神话的一部分，但在克里格斯故事成形时，这个故事已经为人们所知。提及这个故事是为了隐晦表示克里格斯无意插足他叔叔与菲尼斯的婚姻。

尽管如此，菲尼斯和克里格斯还是密谋一起离开阿里斯的宫廷，可能会去不列颠。他们决定让菲尼斯假死，菲尼斯则佯装久病。在护士塞萨拉配制的药水帮助下，菲尼斯看起来跟死了一样。尽管历经了挫折，但这场骗局非常奏效，菲尼斯和克里格斯得以享受一年多的平静生活。

两人最终被发现，被迫逃到亚瑟王的宫廷，亚瑟王承诺，如果克里格斯与他的叔叔阿里斯作战，他将提供援助。然而，消息很快传来，阿里斯因为找不到克里格斯和菲尼斯而发疯，现在已经死了。克里格斯回到帝国，成为皇帝，而菲尼斯成为他的皇后。

这个故事的推动力还是冒险，以亚瑟王统治时期为背景，讲述了亚历山大和克里格斯的冒险故事。顺便说一句，这个故事中还提到了许多亚瑟王国中最伟大的骑士们的事迹，在这里，他们似乎没有在自己的故事中那么令人生畏。

狮子骑士伊万

伊万（Yvain）的故事始于亚瑟王在威尔士卡杜尔（Carduel）举行的五旬节盛宴。一群骑士，包括凯、萨格拉摩、高文以及伊万等知名人士，正在听另一位骑士卡罗兰特（Calogrenant）讲述故事，因而没有注意到桂妮维亚王后走来。卡罗兰特是唯一一个按照习俗在王后走近时恭恭敬敬地站起来的人，这让凯十分生气，他觉得自己在对比之下显得好像不够尊重，所以感到很恼火。

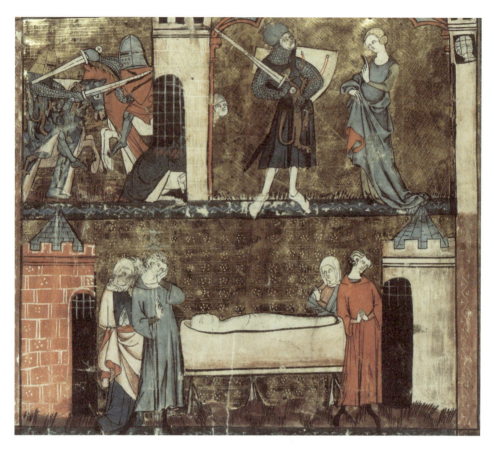

上图：中世纪盛期对有兰斯洛特爵士的各种场景的描绘，自然包括比武大赛的场景。他似乎受到了怀疑，一个鬼鬼祟祟的脑袋在门边窥视、偷听。

　　王后随后斥责凯言辞过于激烈严厉——在这个故事中，凯被描述为好争吵和欺凌同伴的人，随后爆发了一场争论，在争论中，卡罗兰特直截了当地侮辱了凯，凯也以牙还牙，辱骂了回去。王后让卡罗兰特继续讲故事，不要理会凯，因为凯总是无缘无故对人刻薄，所以没有人搭理他。

　　然后，卡罗兰特不情愿地讲述了七年前他是如何在布罗塞瑞安森林（forest of Brocéliande）附近偶然发现一座塔的故事。塔楼主人很有礼貌地接待了他，并邀请他说，如果条件允许的话，在冒险活动结束后再回来。第二天早上，卡罗兰特骑马继续前进，遇到了一群正在打斗的公牛。一个 17 英尺高的巨人看着它们打架，他声称自己把公牛当家牛来照看。

巨人告诉卡罗兰特他是如何控制公牛的，礼尚往来，巨人也询问了他在做什么。卡罗兰特表示，他正在寻求一次冒险，以检验自己的能力，但巨人说，他不知道卡罗兰

那个陌生骑士把卡罗兰特从马背上击落，并把他的马当作战利品带走。

特在哪里能找到一次冒险。可巨人确实给他指了方向，让他去找一块可以召唤风暴的魔法石。卡罗兰特前去寻找这块魔法石头，并按照吩咐向石头洒水，一场可怕的风暴立刻袭击了森林。

风暴平息后不久，一位神秘骑士逼近卡罗兰特，他对风暴造成的破坏极为愤怒。在发表了夸张的长篇大论来详细说明他挑起争端的原因后，这位陌生骑士袭击了卡罗兰特，在第一次交锋时就把他从马上击落。骑士把卡罗兰特留在原地，但把

上图：伊万爵士的故事涉及一块神奇的石头，当它被附近水盆的水浸湿时，会引起可怕的风暴。故事中没有解释风暴产生的原理和原因，这只是一个情节设计。

上图：伊万将水倒在石头上召来了这位陌生骑士。魔法石在这个故事中被描绘成一块石板，但大多数版本并没有具体说明它是一块加工过的石头还是一块天然石头。

他的马当作战利品带走了。卡罗兰特战败后返回塔楼，塔楼主人礼貌地接待了他，并说他是第一个从魔法石那里全身而退的人，其他人都被杀或被俘虏了。

伊万是卡罗兰特的堂兄弟，他决定前往魔法石所在处，为兄弟在那里遭受的失败报仇。然而，亚瑟王听闻这个故事，也决定要去那里看看这一奇石。他向任何愿意陪同他的人发出邀请。这让伊万很不高兴，他担心其他人会打败这位陌生骑士，所以他一有机会就独自出发了。

伊万按照堂兄弟的指示，找到了塔楼，他在那里也受到了礼遇。伊万经过巨人和他的公牛，径直来到魔法石前，然后从挂在附近的金色水盆往石头上泼水。一场风暴立刻席卷森林，然后那个陌生骑士又走近了。这次没有互相挑战，两位骑士拿着长矛直冲对方。

长矛折断后，他们继续在马背上用剑进行战斗。克雷蒂安·德·特鲁瓦很认真地提到，无论双方的交战多么激烈、对彼此有多么仇恨，都不会攻击对方的马，因为这是极不光彩的行为。最后，伊万劈开了骑士的头盔，给了他致命一击。骑士逃到了他的城镇，伊万在后追捕。

城镇外围没有人，伊万追着这位陌生骑士穿过了堡垒大门。这是一个诱杀装置，伊万触发了铁闸门开关，铁闸门向伊万砸下来，并将他的马切成两半，但他跟那位骑士离得很近，所以没有受伤。第二道铁闸门砸下，困住了伊万，骑士得以逃脱。

伊万随后遇到了一位侍奉骑士夫人的侍女［她的名字后来在故事中透露，叫作卢涅特（Lunete）］。他彬彬有礼地对她说话，言行恰当。卢涅特告诉他，全体民众都对他感到愤怒，因为他给他们的领主造成了致命伤害。卢涅特还说，她曾被派往亚瑟王的宫廷办事，但没有人屈尊与她说话。作为对伊万礼貌相待的回报，卢涅特会帮助他逃跑。

隐身的力量

卢涅特给了伊万一枚能使他隐身的戒指，还给了他食物和水。吃饭时，他看到城里的骑士们在搜寻他，一心想为他们的领主报仇，但搜寻徒劳无果。他们甚至搜查了他所在的房间，但没有看到他。那名伊万杀死的骑士的尸体被带到了房间，他

伊万去见劳丁，把自己的命运交给了她。

美丽的妻子陪在骑士尸体左右。随后，骑士的伤口开始流血，这是一种迹象，表明凶手就在附近。然而，他们进行了另一次搜索，依旧没有人能找到伊万。

伊万看着他杀死的骑士的送葬队伍，不知道该怎么办。他需要证据证明他杀死了打败卡罗兰特的骑士，如果那名骑士被埋葬，就无法证明。而且他也非常迷恋这位已故骑士的妻子，她的名字叫劳丁（Laudine），伊万希望能更多地见见她。因此，他没有在时机成熟时逃跑，而是留在了城镇里，尽管全体民众都在寻找他，想要使用暴力复仇。

卢涅特去见劳丁，劳丁仍然悲痛欲绝。卢涅特指出，如果亚瑟王带着他的宫廷来到这里，没有一位领主可以保护这个地区，因此夫人需要另找一位丈夫。她自己的骑士们都非常无用，根本无法与亚瑟的骑士相提并论。劳丁最终被说服，击败她丈夫的骑士一定比他更强大，所以值得她的爱。

劳丁问这位骑士是谁，得知他是尤里安国王的儿子伊万爵士。时机成熟时，伊万来到劳丁面前，并把他的命运交给了她。经过深思熟虑，劳丁认为伊万是一个值得托付的丈夫，他们很快就会结婚。伊万也被镇上的骑士和士兵接受。

因此，伊万娶了劳丁，这是他所杀骑士的遗孀。与此同时，亚瑟的队伍正向魔法石靠近。凯爵士又像往常一样说了些恶毒的话，含沙射影地说伊万是个懦夫，他

上图：一幅描绘伊万被困时的插图。砸下的铁闸门将他的马一分为二，要不是他紧紧地追赶他的对手，他早就死了。

没有像他说的那样为他堂兄弟的失败报仇，而是逃跑了，这时亚瑟把水倒在石头上，引起了另一场风暴。

　　伊万前来保卫这块石头，凯爵士要求与之对决。在他们的第一次交锋中，凯被伊万从马鞍上击落，不省人事。伊万并没有俘获他，而是把他的马立刻送给了亚瑟王。当他透露自己的身份时，凯爵士感到很惭愧，这让他的同伴们都忍俊不禁。

　　伊万邀请亚瑟一行人到他的镇上，为他们举行了一场盛宴。高文爵士迷恋上了卢涅特，部分原因是她救了他的朋友，使他免遭民众的报复，而高文也和卢涅特玩起了宫廷爱情游戏。然而，当亚瑟一行人要继续动身前行的时候，高文说服了伊万和他们一起去。他警告伊万不要对婚姻过于满足，从而忘记自己的武德。伊万告诉劳丁他的意图，并请求她允许自己去探险。劳丁同意了，条件是他必须在一年内回家。伊万和高文一起参加了许多比武大赛，赢得了许多荣誉。然而，他忘记了时间的流逝。一年多以后，国王在切斯特（Chester）举行朝会，劳丁派来的一位信使来到国王的营地。他尊敬地对每个人进行了问候，除了伊万，他指责伊万是食言和

凯爵士含沙射影地说伊万是个懦夫，没有像他说的那样为他堂兄弟的失败报仇，而是逃跑了。

左图：在这幅13世纪的壁画中，卢涅特给了伊万一枚神奇的戒指，能使他隐形，于是他免于被镇上的民众用私刑处死。这个故事没有说戒指从何而来，也没有说卢涅特为什么拥有它。

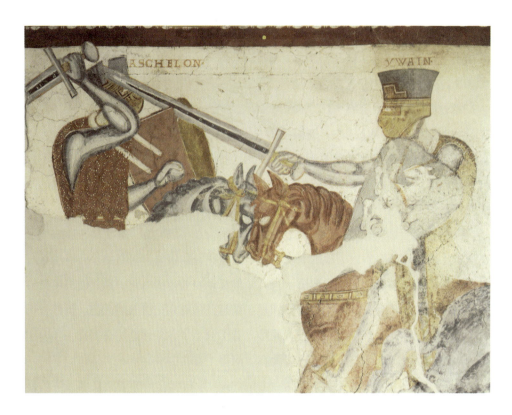

上图：伊万的对手，也就是魔法石的守护者，在不同版本的故事中被命名为埃斯克拉多斯（Esclados）、阿斯切隆
（Aschelon）或其他名字。他只是想阻止路人引发魔法风暴，避免摧毁他的城镇。

说谎之徒。

劳丁的信使告诉伊万，劳丁不再爱他，家里也不再欢迎他。伊万伤心欲绝，发
疯了，他跑到森林里过了一段时间的野人生活。伊万偶然来到了一个隐士的家里，
这个隐士虽然害怕，却依旧招待了他。伊万回报了这位隐士，他出去打猎并把肉带
给隐士，两人一度互相扶持着生活。

最终宫廷的一位女士发现伊万，并在他熟睡时认出了他。她用一种神奇的药膏
治愈了他的疯狂，在伊万清醒过来时，还给他留下了礼物，不久伊万就回到了文明
世界。这位女士一直照顾他，直到他身体痊愈，还给他提供了武器。当阿里尔伯爵
（Count Alier）袭击城镇，企图掠夺城镇时，伊万全副武装，准备反抗他。他迅速
摧毁阿里尔伯爵骑士团的行为，树立了榜样，激发了镇上居民的自卫精神，他们成
功击退了袭击。

　　克雷蒂安·德·特鲁瓦描述了伯爵是如何被俘的过程，他脱下头盔，放下盾牌以示投降，最后放弃了手中的剑。和其他故事一样，尽管伯爵是恶人，他企图掠夺城镇以致富，但当他被打败时，依旧遵守诺言，与邻居和睦相处。

　　伊万随后离开，漫无目的地四处游荡，直到他遇到一头与毒蛇搏斗的狮子。他决定帮助狮子，因为毒蛇奸诈邪恶。虽然这条毒蛇还会喷火，但伊万仍把它切成了碎片。他为了使狮子脱离毒蛇的掌控，砍下了狮子尾巴的一小部分。

　　狮子认为这无可厚非，并没有与他的救命恩人产生争执。事实上，他成了伊万的亲密伙伴，陪他冒险。伊万再次来到了魔法石处，在那里他又经历了一次悲痛欲

左图：伊万无法接受劳丁对他的抗拒。在森林里过了一段野人生活后，他被一位善良的少女用一种神奇的药膏解救，并恢复理智。

tout lespee e met lesai denant son pis pou
le feu que mal ne li face et ba queue la ser
pent eli donne si grant coup que li fait pla
grans entre deux oreilles.

Et eil gette feu e flambe si que li art
tout son escu e son haubert par dena
et li eust encores plus mal fait et
eil fu bistes et legiers et Recut le feu aussi
comme de tison si que la flambe ne le Recut
mie adroit et pour ce fu le feu maine ousai
et quant il boit ce si est auques effrees pour
le feu dont il se doubte moult que ne soit
enuenimes. Et toutes uoies requeue sur
au serpent eli donne de lespee la ou il le puet

上图：伊万帮助狮子对抗毒蛇的决定是明智的。狮子成了他忠实的朋友，从而把他从巨大的危险中解救出来。

绝的疯狂，在这期间，他不小心摔倒在自己的剑上。狮子以为他死了，试图自杀，于是它想扑向伊万的剑。恰好伊万恢复了神智，阻止了狮子。

正当伊万悲叹自己的困境时，他发现附近一个小教堂里有一个少女。她因叛国罪将被处死，在问她原因时，他发现这名女子是卢涅特。她被指控密谋杀害她侍奉的女主人劳丁，如果卢涅特找不到一位愿意为她战斗的骑士，以对抗另外三个骑士，她将被处死。

高文也许会为她战斗，但当时他正忙于从一位名叫梅里根特（Meleagant）的骑士手中救出王后，这位骑士将王后带走了，因此卢涅特似乎注定要受刑。伊万承诺为她而战，但他需要找个地方过夜。在寻找落脚之处的过程中，他来到一个男爵的城镇，这里防备森严，男爵被一个巨人弄得心神不宁。巨人想要得到男爵的女儿，还在与他六个儿子交战时，杀死了其中两个。另外四人成为巨人的俘虏，如果男爵不交出他的女儿，他们将被以可怕的方式处死。

巨人杀手伊万

伊万再次被告知高文本来打算帮忙的，但他忙于营救王后。伊万答应如果自己能够尽早完成砍杀巨人的行动，并拯救卢涅特的话，就帮助高文。第二天早上，巨人把他俘虏的骑士带到男爵的城墙前，要公开处决他们，伊万骑马出去与他战斗。尽管遭到了猛烈攻击，伊万还是在狮子的帮助下，成功砍掉了巨人的肩膀，刺伤了他的肝脏，杀死了巨人。

伊万随后冲向卢涅特所在之处，她因其所谓的背叛行为即将被烧死。卢涅特的指控者是三名骑士，在说了许多恭维话之后，立刻全部攻向了伊万。伊万顶住了他们的第一次攻击，他们的长矛在伊万的盾牌上折断，而伊万自己的长矛依旧完好无损。在旁观者的祈祷以及狮子更凶猛的肉搏下，伊万击败了三名骑士。值得注意的是，这些诬告者竟然结伙对付一个对手，即使是恶棍也不会这么做。

在处理了诬告者后，卢涅特得救了。伊万希望自己能与劳丁和解，但不允许卢涅特透露他的身份，而是说他希望被称为狮子骑士。在这一名号下，他因帮助需要

卢涅特的指控者立刻对伊万群起而攻之，行径可耻。

帮助的女士而声名远扬，之后他还受到委托，代表一位女士处理她与姐妹在遗产问题上发生的纠纷。在去帮助她的路上，伊万来到了一座城堡，里面囚禁了许多少女，她们的领主为了苟活，把她们送到城堡赎回自己的生命。

监禁这些少女的是两个魔鬼，它们是人类女子和小恶魔所生的，已经杀死了几个前来营救女囚的骑士。魔鬼效忠于城堡的主人，城堡主告诉伊万必须与魔鬼战斗，如果伊万赢了，他可以迎娶城堡主的女儿并得到这座城堡。此外，他必须独自战斗，他的狮子被关在一个房间里，因此无法提供帮助。

伊万尽其所能与这两个恶魔兄弟作战，但被对手击败，并遭到狼牙棒殴打。狮子设法逃走来帮助他，它把其中一个恶魔拖倒在地，分散了另一个恶魔的注意力，帮助伊万成功杀死恶魔。然而，伊万拒绝了与领主的女儿结婚，解救了女囚后，他前往亚瑟王的宫廷。

在宫廷里，两姐妹之间的争端将由答应帮助她们的骑士之间的决斗来决定。高文同意支持另一个姐妹，伊万因此与高文交手。两人都没有认出对方，否则战斗可能不会发生。这场战斗自然持续了很长一段时间，他们还试图用剑柄和其他暴力手段来击打对方的头部。与此同时，旁观者开始讨论如何使两姐妹和解，从而防止两位勇敢的骑士受更多伤。

最后天黑了，两位骑士虽然都受了重伤，但仍旧没有分出胜负。伊万终于开口，告诉高文自己多么钦佩他的战斗能力，并询问了他的身份。高文以同样恭敬的方式回答，并说出了自己的名

右图：此处描绘的白手伊万（Yvain of the White Hands），最初是一个不同于狮子骑士伊万的角色。后来的一些版本的故事中，尤其是马洛礼（Malory）的版本中，将两者混为一谈。

字，这时伊万扔掉了剑，拒绝再和他的朋友战斗。伊万告诉高文自己的身份，并承认自己失败以结束战斗。高文不愿接受，反而让伊万获胜。然后，两人争论谁受伤更严重、更筋疲力尽，并各自承认失败，将荣誉让给对方。

由于没有明确的胜利者，这件事就交给了国王来解决，亚瑟接手处理。伊万刚从伤势中恢复过来，就回到了魔法石处，引发了一场巨大风暴，因而卢涅特建议劳丁必须为魔法石寻找新的守卫者，以防止城镇被风暴摧毁。卢涅特告诉劳丁，没有人比狮子骑士更适合，但除非劳丁发誓帮助狮子骑士与他的夫人和解，否则狮子骑士不会同意保护这个城镇。

卢涅特带着狮子骑士来到镇上，骑士表示自己的真实身份是伊万。由于劳丁已经做出了承诺，她并没有完全不高兴，当伊万因离开超过约定的一年而恳求原谅时，她同意了伊万回家。

这个故事有许多超自然元素——巨人、神奇的泉水和能使人隐身的戒指。类似的元素不时出现在早期的故事中，但这是第一次，这些超自然元素扮演如此重要的角色。

亚瑟王时期的行为和荣誉准则

伊万的传奇故事和其他许多故事一样，是由主人公的冒险事迹和愚蠢决定所驱动的。伊万因为违背诺言寻求救赎，成为一名游侠，这一主题在其他亚瑟王传说中重复出现。骑士战斗中的礼仪也在别的版本故事中存在，克雷蒂安·德·特鲁瓦详细描述了一位骑士在进攻前要阐明争端的原因。再加上高文和伊万都竞相宣称自己失败并以此为荣，这些都体现了亚瑟王时代复杂的礼仪。

马车骑士兰斯洛特

克雷蒂安·德·特鲁瓦在其他故事中顺便提到了兰斯洛特爵士，但这是兰斯洛特第一次成为故事主角，同时也是克雷蒂安第一次提到卡米洛特，事实上，这可能是卡米洛特首次出现。耶稣升天节时，亚瑟王在卡米洛特举行朝会，一位陌生骑士来了，声称他俘虏了几个亚瑟的骑士。这位骑士补充说，亚瑟无法用武力营救他们，但他愿意与一位宫廷骑士进行比武，打败他就可以释放俘虏。宫廷骑士必须护送王后进入一片森林，并在那里等待，如果他成功保护了桂妮维亚并与她一起回到宫廷，俘虏将被释放。

亚瑟的总管凯爵士随后宣布，他打算离开宫廷，但没有说明原因。当桂妮维亚王后请求他留下来或至少解释他的理由时，凯表示如果亚瑟王能帮他一个忙的话，他就会留下。这个忙便是让凯去面对这位神秘骑士，而亚瑟要把王后的安全托付给他。亚瑟并不高兴，但依旧同意了这个要求。

凯和桂妮维亚出发去森林，高文向亚瑟提议他们跟着去看看事情的结果如何。当他们走进森林时，遇到了凯的马在狂奔，不久之后，一位骑士的马筋疲力尽。高文给了他一匹备用坐骑，他骑马离开了，但过了一会儿，亚瑟的队伍发现这匹马死

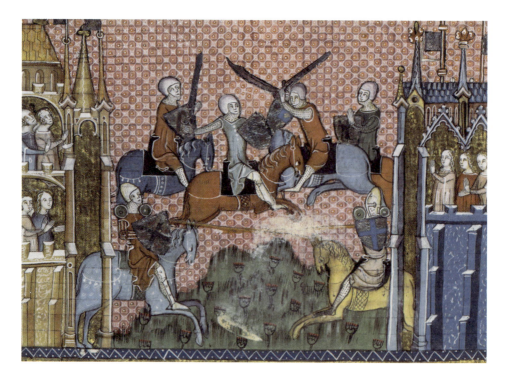

上图：纳鲍斯国王（King Nabor）、高文爵士和布罗切斯伯爵（Count des Broches）的比赛场景，取自 1344 年《湖上骑士兰斯洛特的传奇》（*Romance of Lancelot of the Lake*）。

在了一片废墟中，这是由几位骑士打斗所造成的。

他们又发现之前那位骑士徒步走近一辆马车。这种车是用来拖着罪犯游街示众的简陋的马车，由一个侏儒驾驶。侏儒不会告诉骑士他是否有王后的任何消息，但承诺如果他上了马车，很快就会听到她的消息。在犹豫了一会儿之后，骑士上了马车，尽管这是一种耻辱。

马车内也为高文留了一个座位，但他拒绝接受这一耻辱。相反，他骑马走在马车边，随后他们来到一个城镇。镇上的居民对马车上的骑士嗤之以鼻，但他不愿说他坐在马车里的原因。两位骑士来到一座塔楼前，受到了礼貌接待，然后被带到了精致的床前，但他们被告知，同一间屋子里另一张更精美的床并不是为他们准备的。塔楼的女士不愿解释原因，她说一个坐在马车里的骑士没有资格问这样的问题。马车骑士随后无视这位女士，爬上了床。

夜间，一支长矛从天花板上掉落，上面燃烧着的矛旗点燃了床，但只对骑士造成了很轻微的伤害。他扑灭了火，扔掉了长矛，然后又睡着了。早晨，这两名骑士看见抬着的棺材架上面躺着一个骑士。棺材架后面走来一匹马，王后骑在上面，由另一位骑士牵着马，一群人跟着他们。

左图：一个典型的亚瑟王故事：兰斯洛特为拯救一位女士与一个邪恶的骑士战斗。有人曾经尝试对女士施救，但都以失败告终，他们的盾牌被挂在树上作为战利品。

上图：这里的桂妮维亚被描绘成美丽和温柔高贵的典范。她在亚瑟王传说中的角色大多是消极的，还具有破坏性。正是她与兰斯洛特的婚外情最终破坏了亚瑟王的骑士团之间的友谊。

Ire chenalier fait monleigneut
gamam car ales jus de la chat
iette et montes lut ce chenal q̃
moult eſt bon auucoys que pl
grant houte bous en bienque.
Dehait aut fait le nam qui ce
loeua ne il nen feta Riens car il ma creute q̃
il venra huy toute iout' uilques au uelpre lur
ma chauete et lancelot luy diſt que il nait
la garde. car il nen deſcendra huy mais uilq̃s
a donc que ilz ſeront herbagies. Cates fait
moult gamam ce poiſe a moy car ie cuid que

上图：兰斯洛特乘坐的马车是用来载着罪犯游街示众的。这种简陋的交通工具本身已糟糕透顶，更何况坐在这上面还令骑士有失体面，深感耻辱。

桂妮维亚是戈尔王国骑士梅里根特的俘虏。

高文和马车骑士武装起来，跟在后面，但没能追上。他们遇到了一位在十字路口等候的少女，她提供了信息，前提是他们保证对她有求必应。他们照做了，得知桂妮维亚王后是戈尔王国（kingdom of Gorre）骑士梅里根特（Meleagant）的俘虏。她告诉他们，想要进入那片国土几乎是不可能的，除非穿过一座非常危险的水桥和另一座更危险的桥——剑桥。

高文选择了水桥，马车骑士说他会试试剑桥。他们在互相致意和表达美好祝愿后就这样分手了。马车骑士陷入了沉思，没有注意到前面有一个骑士守卫着一方浅滩。他的马已经口干舌燥，自发走近浅滩喝水，从而引发了骑士的攻击。马车骑士对此一无所知，直到他被另一位骑士的长矛击落马下，摔在了浅滩上，他终于意识到了另一人的存在，并问为什么自己会受到攻击。

浅滩骑士说，他发起的三个挑战都被忽视了，在进行了一番唇枪舌剑之后，两人同意比武。双方徒步战斗了一段时间，这期间，马车骑士痛苦地反思，迄今为止，他在寻找王后的过程中表现惨淡。最终，马车骑士击败了另一位骑士，并俘虏了他，但被浅滩骑士身边的一位少女说服，释放了这位骑士。随后另一位少女走近了马车骑士，她热情款待他，条件是他愿意和她睡觉。

奇怪的是，马车骑士不情愿地同意了，于是两人去了少女家。尽管周围没有仆人或闲杂人等，骑士还是受到了礼貌款待，并与少女一起用餐。后来，少女叫马车骑士马上到她房间来，但当他正要照做时，他发现少女被一位陌生骑士袭击了，骑士身边带有几个卫兵。

落难女子？

马车骑士试图营救少女，尽管受了伤，他还是奋力守卫，最后被几名对手围困在墙边。这时，少女遣散了卫兵，原来他们是她自己家中的守卫，他们走后，少女把骑士带到她的床上。

马车骑士想信守对少女的诺言，但他很不情愿。克雷蒂安·德·特鲁瓦非常清楚地交代，马车骑士爱上了另一个人，尽管目前没有透露是谁。少女听懂了骑士微妙的暗示，留他自己休息了。

早上，少女请求马车骑士护送她上路。作者解释说，当时的习俗是，骑士遇到无人护送的女士时，有义务保护她，不伤害她，但如果护送骑士被击败，那么劫持者可以随心所欲地对待这位女士，而不会感到耻辱或不光彩。

过了一段时间，骑士和少女发现了一把属于王后的梳子，不久，一位骑士走近了他们。少女认出了这位骑士，说他一直在向她示爱，但她对他的求爱不感兴趣。这名骑士宣布他要把少女带走，但马车骑士说他在护送少女。两人约定找一个合适的地方为少女而战。

如果一位骑士遇到了一位无人保护的女士，他有义务保护她。

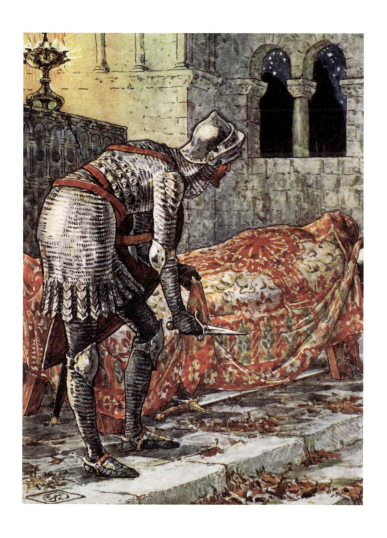

左图：沃尔特·克莱恩（Walter Crane）的《兰斯洛特爵士在凶险教堂》（*Sir Lancelot in the Chapel Perilous*，1911 年）。在这里，兰斯洛特发现了为著名骑士准备的坟墓，包括他自己。

上图：剑桥是进入戈尔王国的两条道路中最危险的一条。兰斯洛特在过桥时受了重伤，不得不丢下同伴。

骑士们来到一块还算适合比武的草地上，遇到一群在那儿休闲的贵族。其中有一个是想把少女带走

兰斯洛特和他的同伴们带领洛格雷斯的人民战胜了俘虏他们的人。

的骑士的父亲。他们认出了马车骑士，纷纷咒骂他，马车骑士在场时，贵族们既不玩游戏也不跳舞。他们也不允许两人比武，但是父子俩决定跟踪马车骑士，根据他的行为来评判他。

接着，马车骑士来到一个小教堂，那里有一个非常美丽的墓地。坟墓已经准备好了，上面刻着将要埋葬在此的著名骑士的名字，其中包括高文和伊万。最大的坟墓有一个盖子，看起来非常重，甚至几个人都抬不起来。马车骑士听闻，谁能独自举起它，谁就能释放这片国土上的所有俘虏，这些俘虏都是外国人。

马车骑士轻而易举地把盖子举起来了，一位目睹这一壮举的修道士问他是谁。他不愿说，只问那是谁的坟墓。然后，他被告知这个坟墓是为那个能释放梅里根特家中俘虏的人准备的。

听到这件事，跟着马车骑士的父子一致认为这是一位非常值得尊敬的骑士，尽管他们不知道他的名字。于是儿子放弃了与其打斗的念头，两人折返回家。少女也回到了家里，马车骑士继续骑马前进。

不久之后，马车骑士遇到了另一位骑士，这位骑士在家中热情款待了他。在那里，马车骑士得知这位骑士的家人都是有家不能归的洛格雷斯人。他们被迫留在这里，当地人可以随心所欲地来来去去，但外国人永远不能离开。骑士的两个儿子主动提出要给他带路穿过剑桥，并帮助他越过那些守桥人。这三人受到了一个男人的热情款待，他家就在路前面，但他们还没来得及走到他家，就遇到了一个当地乡绅。乡绅非常激动，告诉他们，长期被囚禁在那片土地上的洛格雷斯人已经站起来反抗俘虏他们的人，有位强大的骑士前来帮助他们。

听到这一消息，三人高兴地进入了经过的一座堡垒，但随即身后大门紧闭，他们被困住了。马车骑士认为这一定是巫术作祟，并试图用他拥有的魔法戒指驱散巫术。戒指是仙女或女士（湖中仙女）送给他的，这具体取决于故事的不同版本。但结果表明并没有巫术，只有平平无奇的栅栏，所以三个人用剑斩断了栅栏，开辟了出路。

一到外面，他们正好目睹一场战斗，但分不清自己的人在哪一边。他们一确定

兰斯洛特不确定是否应给予宽恕，他的解决办法是再次比武。

支持哪方，就立刻加入了战斗，帮助洛格雷斯人民赢得了一场伟大的胜利。后来，人们对马车骑士赞不绝口，几乎要为谁来款待他而大打出手。马车骑士说服他们，请他们给他提供最适合完成任务的住处，并在第二天早上继续前进。

第二天晚上，当这三个人在一个贵族家里落脚时，一个素未谋面的骑士迎面而来，提出要把马车骑士送过剑桥横跨的溪流。他的条件是，过桥之后，他可以选择是否杀死马车骑士。这一条件根本无法接受，所以两人打了起来。值得注意的是，在这场比武中，两位骑士都攻击了对方的坐骑，这通常被认为是不光彩的行为。

马车骑士最终迫使对手投降，并同意饶他一命，条件是他也必须坐上马车受辱；在比武之前，这名骑士对坐马车蒙羞一事说了许多令人不快的话。被击败的骑士拒绝了，但在马车骑士处死他之前，一位少女来到这里，请求获得被击败骑士的头颅。

马车骑士琢磨着是宽恕骑士还是同意少女的请求。他有一个习惯，那就是如果有人请求他宽恕，他总是会施以仁慈——这是当时的惯例，但他也不得不慷慨地答应任何他力所能及的请求。他的解决办法是再比一次武，那名骑士再次被打败并乞求宽赦，但这次他被斩首。少女告诉马车骑士，他会在适当的时候得到回报，然后就离开了。

最后，马车骑士和他的两个同伴到达了剑桥。剑桥的形状像是一把剑刃，有两支长矛那么长，跨过一条汹涌的河流。马车骑士的两个同伴都很害怕，不敢穿过，马车骑士还没抵达桥的另一端就被尖利的桥刺伤了。他看到桥对面有一座塔，从塔的窗户能看到那片国土的国王巴德马古（Bademagu）和他的儿子梅里根特。

巴德马古是一位值得尊敬的人，他对马车骑士这次穿越剑桥的行为印象深刻，并向儿子建议交出桂妮维亚王后。可梅里根特毫无体面可言，拒绝了国王的建议。国王巴德马古热情款待新来的客人，希望他伤口痊愈后再离开，尽管盛情难却，马车骑士出于对主人的尊重，勉强待到第二天，还是决定动身了。

兰斯洛特身份揭开

第二天早上，梅里根特和马车骑士互相攻击，上演了另一场克雷蒂安·德·特鲁瓦所描绘的战斗场面。关于盔甲和装备如何被粉碎或撕毁的描述，充分刻画了两人的暴力交锋——马鞍碎片散落在战场上，两名骑士都屡次受伤。最后，马车骑士被磨得筋疲力尽，因为他穿过剑桥时受了伤，变得很虚弱。一位聪明的女士问王后是否知道这位骑士是谁，他的身份最终暴露，原来是湖上骑士兰斯洛特。这位女士叫着他的名字，让他看到桂妮维亚在观战。

兰斯洛特备受鼓舞，开始在战斗中占据优势，国王巴德马古请求桂妮维亚让兰斯洛特饶了他的儿子。兰斯洛特甘愿为王后做任何事，他自然照做了。梅里根特很不高兴，但同意和平解决，表示只要兰斯洛特答应在一年内再次与他交战，他就交出桂妮维亚。如果他没有做到，那么王后将再次被囚禁。

起初，桂妮维亚对兰斯洛特表现得相当冷淡，拒绝和他说话。兰斯洛特和国王巴德马古去见亚瑟的总管凯爵士，凯爵士受伤，与桂妮维亚一起被囚禁。凯讲述了国王如何治疗自己的伤口，以及他奸诈的儿子梅里根特又是如何不断地摧毁疗伤效果。

兰斯洛特去与高文会合，高文带着许多洛格雷斯人，从另一条路进入巴德马古的领土。尽管洛格雷斯人现在已经可以自由离开，一些人还是留在了王后身边。在路上，兰斯洛特被当地人抓获，他们以为自己在为国王效劳，而传到桂妮维亚这里的消息，却是兰斯洛特被处死了。

当桂妮维亚哀叹自己对兰斯洛特的所作所为时，克雷蒂安·德·特鲁瓦清楚地指出，在桂妮维亚被绑架之前，他们已经是情人了。这解释了兰

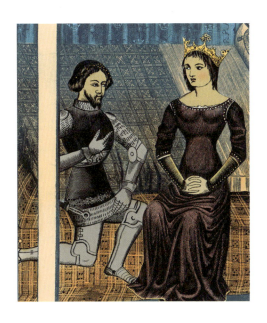

上图：兰斯洛特犹豫不决，而不是直接跳上马车接受随之而来的耻辱，这让桂妮维亚很生气。她认为营救她（或者兰斯洛特对她的忠诚）比兰斯洛特的名声更重要。

斯洛特早期的一些行为以及他拼命营救桂妮维亚的原因。桂妮维亚为兰斯洛特哀悼了两天，拒绝进食。而兰斯洛特也听说桂妮维亚已经死了，于是决定自杀，他用皮带卷成一个绞索，打算套在脖子上，然后让马拖拽自己。他的同伴们把他从自杀中解救了出来，不久后，他听说了桂妮维亚还活着的消息。

就王后而言，她很高兴听到兰斯洛特以为她死亡后试图自杀（而且没成功）。当兰斯洛特回到巴德马古的城堡时，桂妮维亚解释说，她对他迟迟不肯进入马车感到愤怒，因为他竟然把羞耻之心置于营救她之前。

那天晚上，兰斯洛特闯入桂妮维亚的塔楼，与她共度良宵，在此过程中，兰斯洛特的手受了伤，流下的血染污了桂妮维亚的床。第二天早上，梅里根特得出结论，答案显而易见，因为受伤的凯就住在附近。凯自然否认了这一指控，并表示愿意为王后的名誉而战，尽管他的伤还未痊愈，仍然深受伤痛之苦。

左图：兰斯洛特夜间偷偷摸摸地拜访了桂妮维亚，宫廷其他成员也注意到了他的行为。有些人相信兰斯洛特肯定是无辜的，因为他总是主动与那些说桂妮维亚对她丈夫不忠的人进行斗争。

战斗审判

兰斯洛特随后向指控他们的梅里根特提出决斗挑战，捍卫凯和桂妮维亚。在交锋之前，梅里根特向圣物发誓，声称凯与王后共度了一晚，而兰斯洛特则如实但具有误导性地发誓，表明凯没有。因此，这场斗争变成了司法决斗，一场通过战斗进行的审判，胜利者被认为掌握了事情的真相。

梅里根特和兰斯洛特在第一次交锋时就都被击落马下，开始了用剑决斗。巴德马古国王请求桂妮维亚阻止他们战斗，她同意了，于是兰斯洛特停了下来。然而，梅里根特想继续战斗，他父亲不得不亲自出面阻拦他。在这之后，兰斯洛特离开此地与高文会合，陪同他的还有许多想回家的洛格雷斯人。

在路上，他们遇到了一个侏儒，他说服兰斯洛特离开他的队伍去执行一些秘密任务。由于找不到兰斯洛特，他的同伴们继续前进，直到他们发现高文在试图穿过水桥时溺水了。他们救了高文，并告诉他，在国王巴德马古的照顾下，桂妮维亚是安全的，兰斯洛特曾试图营救王后，但现在他在一个神秘侏儒的陪伴下下落不明。

回到巴德马古国王身边后，高文和其他人一起寻找兰斯洛特，但即使在国王手下的帮助下也找不到他。然后，一封显然是兰斯洛特寄来的信到了，信中说他已经回到亚瑟王的宫廷，他们都应该在那里和他会合。他们照做了，高文因救了桂妮维亚而受到赞扬。但宫廷上没有人见过兰斯洛特，他们仍然找不到他。

当时兰斯洛特被梅里根特的封臣囚禁在一座塔楼里。他听说亚瑟的王国将举办一场比武大会，想要参加。兰斯洛特说服俘虏者的妻子放他走，条件是他会回来再次成为囚犯，这样她的家人就不会受到梅里根特的迁怒。

兰斯洛特隐姓埋名参加了比武大会。然而，传令官认出了他，于是宣布有一个人来参加比武了，但他不会透露身份。

尽管有许多技艺高超的骑士参加了这场比武大会，但兰斯洛特击败了所有对手，直到桂妮维亚王后向他传达一条信息，要求他藏锋露拙。他开始故意乱挥长矛，还从其他骑士身边溜走，露出一副荒诞滑稽的模样。

看到这位神秘的骑士在她的要求下表现得如此之差后，桂妮维亚知道那是兰斯洛特。比赛的第二天，桂妮维亚再次向兰斯洛特传达信息，依旧要求他藏锋露拙，兰斯洛特同意按照她的要求做了。对他的身份确信无疑后，桂妮维亚要求他发挥真

兰斯洛特狠狠地击飞了一个骑士，他飞离了马鞍一百英尺。

本领。兰斯洛特依旧照做，将许多骑士击落马下——每个骑士都被击飞一百英尺，并把从他们那里赢得的马匹送人。那天结束后，他溜走了，回到了囚禁他的地方。

此后，梅里根特把兰斯洛特关在一座塔楼里，然后去了亚瑟王的宫廷。在那里，他宣布他是按照约定来与兰斯洛特决斗的，由于兰斯洛特没有亲自到场，决斗无法进行。梅里根特很有风度地给了兰斯洛特一年的时间露面，并同意如果他没有出现，高文将代替他出战。

然后梅里根特回家告诉他父亲他所做的一切。国王巴德马古对此不以为然，更重要的是，他的女儿无意中听到了，决心要找到兰斯洛特。经过一番寻找，她找到了被困在塔中的兰斯洛特，他正因高文没有来救他而哀叹。

国王巴德马古的女儿表示，她就是之前向兰斯特洛讨要过骑士头颅的女子，那家伙实在令她厌恶。既然兰斯洛特对她有恩，她现在就把他从塔楼里救出来报答他。由于遭到长期监禁，兰斯洛特身体很虚弱，所以这位女士一直照顾他，直到他准备回家。兰斯洛特回到家时，高文正准备代替他与梅里根特作战。

右图：兰斯洛特被允许离开囚禁地参加比武大赛。除了桂妮维亚，似乎没有人怀疑击溃所有参赛者的骑士是乔装的兰斯洛特。

高文提出无论如何都要和梅里根特作战，但兰斯洛特不同意。他和梅里根特拿着长矛冲锋，在两人都被击落马下后，他们依旧徒步交战。兰斯洛特削断了梅里根特的手臂，击碎了他的牙齿，最后将他斩首。

这个故事以兰斯洛特战胜敌人为结局。它与伊万的故事发生的时间大致相同，这个故事时不时提到高文和兰斯洛特离开宫廷去营救王后，以及兰斯洛特被囚禁在塔里。伊万和高文的故事塑造了亚瑟王传说中的许多人物和关键概念，这些都是后来的作者所创作的。

可以说，这两个传奇故事属于成熟的亚瑟神话，而克雷蒂安·德·特鲁瓦的前两个故事介于原始故事和成熟版本之间。这是有道理的，作者在写故事的同时也在创造自己的神话，后者自然具有更为成熟的背景。

克雷蒂安·德·特鲁瓦作品中融入了越来越多的宗教和超自然因素。蒙茅斯的杰弗里的版本中只有几个怪物，但在高文和兰斯洛特开始他们的冒险时，世界似乎充斥着各种各样的怪物。

然而，兰斯洛特故事中的超自然元素比伊万故事中的少。兰斯洛特的魔法戒指非常不起眼，故事里也没有巨人或超自然的野兽。然而，巴德马古的王国有着某种超凡脱俗的东西，他的国土里有奇怪的桥梁，还有困住外国人让他们无法回家的能力。故事的主旨当然是兰斯洛特和桂妮维亚之间的通奸关系，很明显，早在故事开始前，他们两人之间就已经有一段时间的私情了。

第四章
寻找圣杯

寻找圣杯是亚瑟王神话的核心故事之一，其故事发展是一个复杂的过程。最早的圣杯故事是克雷蒂安·德·特鲁瓦在 1180 年左右写的，但并没有完成。这是关于帕西瓦尔的故事，他是最初的圣杯英雄。

左图：这幅 1912 年的画是探险骑士的经典代表，画中的骑士是帕西瓦尔（又译为帕西法尔）。寻找圣杯的故事标志着圆桌骑士团友谊终结的开端。

后来的版本完善了这个故事，添加了更多内容，并将帕西瓦尔降级为配角。在不同版本的故事中，帕西瓦尔的父亲各不相同。在某些版本中，他是群岛国王佩利诺尔（King Pellinore of the Isles）的儿子。帕西瓦尔从小就不懂宫廷礼仪，他年幼时看到过一群骑士，并希望自己能像他们一样。在前往亚瑟王宫廷的途中，他被邀请成为圆桌骑士团的一员。

在圣杯故事的早期版本中，帕西瓦尔遇到了圣杯守护者渔王（Fisher King）。渔王受了重伤，故事的大多数版本都说他的伤在大腿上，但这是生殖器受伤的常见委婉说法。除了在城堡外的河里钓鱼外，他几乎什么也不能做。

圣杯与长矛

渔王靠圣杯的力量活了下来，但只有等到一位完美的骑士使用了滴血长矛，他才能痊愈。在最初的故事中，圣杯和长矛显然与基督教无关。据描述，长矛有毒，圣杯也并不是绝对神圣的。这个故事后来的版本把圣杯变成了基督之杯；长矛变成了当基督被钉在十字架上的时候刺穿他的标枪。这个故事也有其他版本，里面

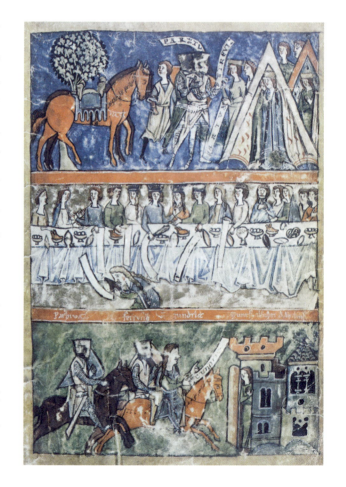

右图：克雷蒂安·德·特鲁瓦原版《寻找圣杯》中的插图，描绘了帕西瓦尔生活中的事件。后来的作者将他贬为配角，并增加圣洁的加拉哈德为圣杯英雄。

有两个圣杯之王，而且他们都受伤了。

与此同时，自从渔王被 "灾难一击"（Dolorous Stroke）击倒后，他的利斯特内斯王国（Listenoise）就变成了荒地。只有国王的伤痊愈后，这片土地才会恢复如初，但当帕西瓦尔第一次来到渔王的城堡时，他太不懂礼节，无法完成任务。帕西瓦尔和渔王一起进餐时，看到烛台、滴血长矛和圣杯排成一列，放在每道菜之间，但他没有询问它们的意义。

因此，帕西瓦尔没有得知如何治疗渔王的方法，第二天醒来时，城堡变成了废墟。他发誓要再次找到圣杯城堡，但他究竟能不能找到仍然不得而知；克雷蒂安·德·特鲁瓦还没写完故事就去世了。

1210 年，沃尔夫拉姆·冯·埃申巴赫（Wolfram von Eschenbach）写了一个名为《帕西瓦尔》（*Parzival*）的故事，基本遵循了早期故事脉络，但有一些改动。其中一个不同之处便是，渔王的伤口是对他未能保持贞洁的惩罚。

这个故事的更多版本被纳入了众所周知的兰斯洛特 – 圣杯的故事系列中。这一系列故事包括圣杯的历史和它出现在英格兰的始末，以及对梅林的生平和所处时代的描述。当然，兰斯洛特的冒险是故事的主要关注点，其中之一就是兰斯洛特中了诡计后与渔王的女儿伊莱恩上了床。兰斯洛特以为他见到的是桂妮维亚，加拉哈德就是兰斯洛特与伊莱恩所生。

加拉哈德是后来才加进故事中的，他取代帕西瓦尔，成为圣杯骑士。帕西瓦尔仍然很重要，但他是作为加拉哈德的同伴，而不是故事的主角。兰斯洛特 – 圣杯系列故事讲述了加拉哈德完成寻找圣杯任务和亚瑟之死的故事。

左图：加拉哈德、帕西瓦尔和鲍斯（Bors）十分虔诚，只有他们能够完成寻找圣杯之旅。其他所有人失败或是因为缺乏虔诚和贞洁，或是因为各种世俗的罪恶。

在这个故事后来的版本中，对这些事件的宗教意义做了更多的阐述，事实上，加拉哈德几乎是作为"小基督"出现的，他的虔诚和完美凸显了其他圆桌骑士的缺陷和不足。他们仍然是侠义英雄，但他们中只有两人——帕西瓦尔和鲍斯能够陪伴加拉哈德，而且只有加拉哈德才能完成寻找圣杯之旅。

以下版本的寻找圣杯的故事可以追溯到 1210 年左右。如上所述，早期的版本将以帕西瓦尔为主角，很多事件的意义微小或完全被省略。

寻找圣杯之旅拉开序幕

寻找圣杯的故事始于五旬节的盛会，当时圆桌骑士团聚集在卡米洛特。一位女士来找兰斯洛特，请他陪同去森林。似乎事情就是这样的，她不愿说这是什么差事，只表示一切很快就会明朗。

这名女士把兰斯洛特带到一个修道院，在那里他找到了他的堂兄弟鲍斯和利昂

内尔（Lyonel）。经介绍，他还认识了一个名叫加拉哈德的年轻人，这位年轻人希望成为一名骑士。兰斯洛特同意封他为骑士，这在故事编写时是很正常的。在 16 世纪之前，任何一位骑士都可以将他人提升为骑士；此后，这成为王室的特权。然而，加拉哈德不愿和其他人一同前去卡米洛特。

他们回到宫廷后，兰斯洛特和他的亲属讨论了加拉哈德，想知道他是否与他们有亲戚关系。然后他们读了圆桌坐席上的名字。每个座位上都刻着骑士的名字，标志着这是他们的专属座位。其中一个座位上写着"危险座位"（Perilous Seat），上面神秘地刻着一段新的铭文，写的是公元 454 年的五旬节当天，这个座位将迎来其主人。他们用一块布盖住了这些字。圆桌上唯一一张空椅子就是那个危险座位。吃晚饭时，一个身穿白袍的人出现了，他手牵着一个身穿猩红色盔甲的骑士，他既

高文是第一个发誓要踏上寻找圣杯之旅的人。

下图：这个危险座位会给任何坐在上面的不配的人带来灾难和死亡。当加拉哈德坐上位置时，每个人都知道有一件奇妙的事情正在发生。

没有剑也没有盾。据介绍，后者是理想骑士（Knight Desired），是亚利马太的约瑟（Joseph of Arimathea）的后裔。

穿白袍的人把骑士领到危险座位上，取下罩在上面的布，发现上面刻的字神秘地变了。现在上面写着"这是加拉哈德的座位"，加拉哈德是佩尔斯国王（King Pelles）的侄子，也是渔王的孙子。白袍男子离开了，加拉哈德也加入了圆桌骑士的行列。

在这一点上，作者暗示了危险座位的背景故事，说很多知名人士都害怕它，它也是导致许多冒险的原因。作者没有解释这些，只是顺便提了一下。危险座位显然给任何试图坐上去的人带来了厄运，它被视为一种考验，表明加拉哈德是一个非常值得尊敬的骑士。作者还透露，加拉哈德是渔王的女儿和兰斯洛特所生的儿子。

加拉哈德解释说，他来到卡米洛特是因为要开始寻找圣杯之旅。与此同时，骑士团向加拉哈德展示了那把神秘的穿石剑。加拉哈德对没有人能拔出这把剑并不感到惊讶，他早就知道自己会得到这件武器，因此他来宫廷时并没有带剑。他拔出剑，并把剑别在腰间，亚瑟王说他很快就会通过某种同样奇妙的过程得到一个盾牌。

就在这个时候，一位少女骑马过来告诉兰斯洛特，他再也不能自认为是世界上最好的骑士了。她还补充，隐士纳西恩（Nascien the Hermit）捎信说，圣杯会在那天出现在卡米洛特。当然，这也是举行比武大会的理由，这一定是一场特别精彩的赛事，因为亚瑟确信有些骑士将无法在即将到来的冒险中幸存下来。

加拉哈德拒绝了所有提供盾牌的好意，但他在比武中依旧表现得十分出色。除了兰斯洛特和帕西瓦尔，他击败了圆桌骑士团的所有同伴。后来，大家去吃饭了，正如预料的那样，圣杯果然出现了。没有人看清是谁拿着圣杯，但圣杯所经之处，盘子里都装满了坐在桌旁的人最喜欢的食物。

高文是第一个发誓第二天要开始寻找圣杯的人，在他之后，其他所有骑士也都纷纷发誓要这样做。大家都承诺要继续寻找，直到再次看到圣杯，这让亚瑟很担心。他知道，很多人不会从这次寻找中回来，要么是因为这次冒险存在危险，要么是因为一旦开始就不愿放弃这次探索了。

晚饭后，来了一位神秘的客人，是一位穿着宗教服饰的老人。他说，隐士纳西恩传来消息称，寻找圣杯之旅是一项神圣的事业，只有那些已经忏悔并被赦免的虔诚之人才能参加。

在对着神圣的圣物发誓之后，骑士们骑马出发，踏上寻找之旅。亚瑟和他们一起骑马前行了一段路程，在高文告诉他必须返回卡米洛特之后，亚瑟便回去了，很快同伴们来到韦庚（Vagan）的城堡。韦庚年轻时曾是一位伟大的骑士，他决心要向同伴们展现热情好客的态度，即使这意味着要关闭城堡的大门，不让他们离开。

加拉哈德之盾

第二天早上，同伴们分头行动，认真地开始了他们的探寻之旅。加拉哈德经过了几天才到达一座修道院，在那里他发现了伊万和国王巴德马古斯（King Bademagus），他们都是圆桌骑士。他们告诉加拉哈德，他们是在听说修道院里有一块盾牌后来到这里的。任何骑士使用它都会遭遇可怕的不幸。伊万不会冒险尝试，但巴德马古斯决心一试。他们一致认为，既然加拉哈德没有自己的盾牌，如果巴德马古斯失败了，他应该拿着这块盾牌。

巴德马古斯拿起盾牌，但还没骑马走多远，就被一名身穿白色盔甲的骑士袭击，这位骑士轻而易举地击伤了巴德马古斯，并把他击落马下。白骑士斥责巴德马古斯拿走了盾牌，然后他把盾牌交给乡绅，让乡绅带给加拉哈德。然后，他陪同乡绅和巴德马古斯前往修道院。巴德马古斯伤势严重，估计已经奄奄一息。修道士们说巴德马古斯也许能活下来，但无论如何也不要太怜悯他，因为他们警告过他，拿走盾牌的行为简直愚蠢至极。

白骑士告诉加拉哈德，盾牌曾属于亚利马太的约瑟，就是他把耶稣从十字架上救下来的。盾牌几经辗转，最终来到了这个地方，等待下一个能持有它的骑士。乡绅听了这话，请求加拉哈德让他成为骑士，并允许他加入这次寻找圣杯行动中，加拉哈德同意了。他们回到修道院为乡绅拿武器，在那里，他们听到墓地的一座坟墓里传来奇怪的声音。

坟墓里有一具邪恶骑士的尸体，他的灵魂被加拉哈德的虔诚驱走了。加拉哈德得知，这次冒险是一个隐喻，暗示基督即将降临到一个冷酷无情的世界，加拉哈德即将开始的圣杯探索也具有类似性质。他会找出困扰世界的许多不幸的原因，并消除它们。

第二天早上，加拉哈德——尽管他自己刚成为骑士不到一周——把乡绅封为了

右图：加拉哈德到达了他历险中去过的众多修道院中的一座。白衣修道士在这个故事中占有重要地位，他们赞美和指导值得尊敬的人，并多次对兰斯洛特进行了关于罪恶的严厉训诫。

骑士。乡绅的名字叫梅利安（Melyant），他的父亲是丹麦国王。梅利安请求和加拉哈德一起去寻找圣杯，加拉哈德同意了。他们一起旅行了一段时间，来到了一个岔路口。据说左边的路非常危险，只有最优秀的骑士才能走。加拉哈德想去，但梅利安请求加拉哈德让自己去，因为他想检验自己的实力。

梅利安还没走多远，就在发现了路边的座位上放着一顶王冠。他拿走了王冠，然后一位骑士向他走来，告诉他不应该这么做。两人互相攻击，梅利安受了重伤，无助地躺在地上，这时加拉哈德骑马出现了。他们都认为这伤可能会致命，但还没来得及做什么，加拉哈德就遭到了陌生骑士的攻击。

加拉哈德在击败第一位骑士时折断了长矛，但他用盾牌抵御了第二位骑士的进攻。加拉哈德用剑砍断了这位骑士的手，让他逃走，同时帮助梅利安来到附近的一座修道院。那里的修道士们说，他们可以在一个月左右的时间内治愈梅利安，加拉哈德表示，他将独自继续寻找圣杯。修道士们听说两人正在进行寻找圣杯之旅，就告诉梅利安，他是因为自己的罪行而受伤的。

梅利安的第一个罪过是骄傲，认为自己有资格尝试左边的道路，第二个罪过是觊觎路上找到的王冠。他之所以能避免死亡，只是因为他相信上帝，上帝赦免了他，使他将来可以从错误中吸取教训，并相信主，而不是自己的力量。加拉哈德没有罪恶，所以轻而易举地抵挡住了两位骑士的攻击，并打败了他们。

加拉哈德把梅利安留在了修道院，独自一人骑着马，来到一座破败的小教堂。在那里祈祷时，他听到一个声音告诉他去少女城堡，打败他在那里发现的恶魔。一个路人告诉他，少女城堡被诅咒了。加拉哈德骑着马去了那里，遇到了七名骑士，他们同时袭击了他。然而，他们确实首先宣布了群攻的意图，并说这是他们城堡里的惯例。

加拉哈德与七名骑士的战斗持续了几个小时，七名骑士已经感到疲惫不堪，但是加拉哈德依旧精力充沛。当这七名骑士从他身边逃走时，他没有继续追赶，很快，

上图：加拉哈德击败了七名邪恶骑士，但没有杀死他们，而是任他们逃跑了。这无关紧要，因为他们很快就遇到了高文和他的同伴。七人全部被杀。

加拉哈德没有罪行，轻而易举地抵挡住了两位骑士的攻击。

一位老人向他走来，给了他城堡的钥匙。城堡里有许多少女，她们对自己能获救感到十分高兴，但担心七位骑士会在加拉哈德离开后卷土重来。

老人解释说，七名骑士杀死了莱诺公爵（Duke Lynor），从他手中夺取了城堡及其周围的国土。有人预言他们会因为一位少女而失去城堡，所以他们把每一位经过的女士都囚禁起来。这就是这座城堡名字的由来。

加拉哈德召见了周边地区的骑士和领主，要求他们发誓不再监禁路过少女。他把城堡还给了莱诺公爵幸存的女儿。与此同时，那七名骑士遇到了高文、伊万和高文的兄弟加埃里耶（Gaheriet）。最后，七名骑士都死了。

上图：加拉哈德获得了城堡的钥匙，并要求当地贵族发誓保卫城堡。然后，他把城堡还给了它的合法主人，继续他的圣杯探索。

高文和兰斯洛特的罪恶

　　与此同时，高文来到梅利安养伤的修道院，询问加拉哈德去了哪里。修道士们告诉他，他不适合陪伴加拉哈德寻找圣杯，因为高文是一个邪恶的人，加拉哈德比他圣洁得多。他们不愿说为什么会这样想，但告诉高文，他很快就会遇到一个可以告诉他的人。

　　不久之后，一位骑士来到了修道院。这是高文的兄弟加埃里耶，他们一起骑马出发，之后在路上遇到了伊万。在遇到（并杀死）被加拉哈德击败的七名骑士后，他们走了另一条路，没有遇到加拉哈德，而是遇到了一位非常圣洁的隐士。高文向他忏悔，这是他四年来的第一次忏悔。这位隐士告诉高文，这就是修道士称他邪恶的原因，如果他过着更虔诚的生活，他可能会给七名骑士指明一条更好的道路，而不是简单地杀死他们。

　　这位隐士还解释说，七名骑士代表着七宗罪，囚禁少女是一个隐喻，象征着灵魂被囚禁在地狱里，除非被耶稣基督释放。因此，加拉哈德对少女的拯救是他寻找圣杯和基督降临之间的又一个相似之处。隐士敦促高文为自己的邪恶行为进行忏悔，但他拒绝了。

　　与此同时，加拉哈德骑马前行，遇到了帕西瓦尔和兰斯洛特。他们没有认出加拉哈德，因为他们不认识他手中的盾牌，于是攻击了他。加拉哈德把兰斯洛特击落马下，又重创帕西瓦尔的头部，击昏了他。然后加拉哈德走进了加斯特森林（Forest Gaste），兰斯洛特和帕西瓦尔跟着加拉哈德进去，却没有找到他。兰斯洛特继续找，帕西瓦尔则回去找隐士，隐士说他知道与他们战斗的骑士叫什么名字。

　　在森林里，兰斯洛特发现了一座破败的小教堂，但他无法进去。正当他在附近休息时，一位生病的骑士坐着两匹马拉的轿子向小教堂靠近。兰斯洛特看到小教堂里有一个大烛台和十字架，一张银桌上放着一件器皿，他认为那便是圣杯。那位骑士进入小教堂后，立马痊愈了，但此时兰斯洛特在外面迷迷糊糊睡着了。这位曾经生病的骑士沉思，由于兰斯洛特的罪孽，他被剥夺了见证这一伟大事件的机会。

　　那位骑士拿走了兰斯洛特的头盔、剑和马，然后骑马离开了，只留兰斯洛特还在森林里睡觉。终

如果高文自己没有深重罪孽，他可能已经救赎了七名骑士。

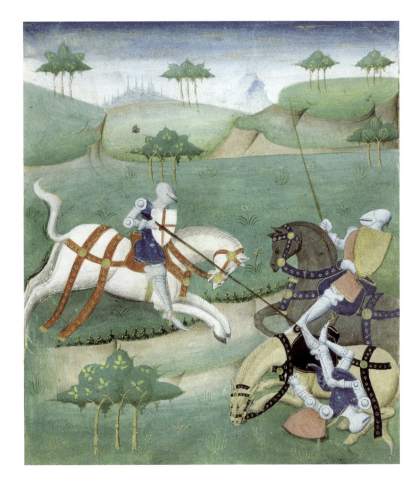

右图：兰斯洛特
和帕西瓦尔未能
认出加拉哈德，
于是与他交手，
并很快被击败。
之后他们分道扬
镳，兰斯洛特去
追赶加拉哈德，
帕西瓦尔去打听
击败他的骑士的
信息。

于，他醒了过来，并再次试图进入教堂，但他听到一个声音叫他走开，说他的罪恶玷污了这个地方。

兰斯洛特悲叹自己的罪行，于是找到了一位圣洁的隐士，隐士的寓言表明他已经浪费了自己的许多天赋。兰斯洛特想忏悔自己的罪行，但起初他无法说出自己与王后的通奸行为。最后他说出来了，隐士救赎了他，只要他保证不再犯同样的罪。

帕西瓦尔想了解他和兰斯洛特曾经交过手的骑士，他找到一位隐士打听消息，发现这位隐士是他的阿姨。隐士告诉他，这位陌生骑士是完成寻找圣杯之旅的三位骑士之一，两位是鲍斯和帕西瓦尔本人，第三位就是加拉哈德。帕西瓦尔的阿姨还详细地讲述了虔诚和纯洁的重要性。

帕西瓦尔骑着马继续前行，来到了一座修道院，在那里他看到一位伤痕累累的

老人在做弥撒时苏醒过来。他得
知，这就是莫尔德雷国王（King
Mordrain），400 年前他曾在
英格兰与基督教的敌人作战。莫尔德雷本来想亲自去看看圣杯，但由于靠得太近
了——他受到攻击，导致眼睛瞎了，十分无助。他一直祈祷能活到那位能直视圣杯
的骑士到来，因此他一直苟延残喘地活着，却很无力，只能每天在弥撒上吃圣饼。
他当然是在等加拉哈德。

　　帕西瓦尔继续前进，遇到了一支武装部队，他们抬着领主的尸体。这支部队问
他是谁，当帕西瓦尔回答说他是亚瑟王宫廷的成员时，他们攻击了他。帕西瓦尔的
马被杀了，他也受了伤，如果不是身穿猩红色盔甲的骑士——加拉哈德出面干预，
他可能会被杀。加拉哈德击溃了袭击者，然后骑着马迅速离开，没有和帕西瓦尔说
话，帕西瓦尔步行跟在他身后。

**加拉哈德救了帕西瓦尔，但没有说
一句话，也没有透露他的身份。**

上图：兰斯洛特在森林里的一个小教堂里偶然发现了圣杯，但他罪孽深重，所以他睡着了，未能亲眼见证奇迹发生，
他还被抢走了头盔、剑和马。

帕西瓦尔偶然遇到一个牵着一匹骏马的男仆，便向他借马。男仆害怕马的主人，于是拒绝了。帕西瓦尔很沮丧，担心自己会失去那名红色盔甲骑士的踪迹，但又不愿意用暴力夺走这匹马。于是他感到非常沮丧，瘫倒在地，请求男仆杀死他。男仆拒绝了，把帕西瓦尔留在了原地。

不久，一位骑士骑着帕西瓦尔想要的马经过，那名男仆也回来了。他说骑士偷走了他的马，并提出如果帕西瓦尔愿意去追回那名骑士，就把自己那匹可怜的马借给他。帕西瓦尔同意了，但当他追上时，骑士朝他冲击过来——再次杀死了他的坐骑。之后骑士骑马进入森林，帕西瓦尔失去了他的踪迹，又陷入了绝望之中。

右图：帕西瓦尔在这里被描绘成一位伟大的英雄，但他似乎在寻找圣杯之旅的大部分时间里都在发脾气。

帕西瓦尔受到魔鬼引诱

帕西瓦尔在森林里时，遇到了一个他认为是女人但实际上是魔鬼的人，魔鬼给了帕西瓦尔一匹马，条件是要他发誓必须得随召随到、言听计从。帕西瓦尔发了誓，并得到一匹漂亮的黑马。他来到一条湍急的小溪边，当他的马准备跳入水中时，帕西瓦尔在胸前画了个十字。这一行为把魔鬼从他身上赶了出来，掉进了水里，河水沸腾了一段时间。魔鬼原本的计谋是让帕西瓦尔死在河里，然后带走他的灵魂。帕西瓦尔彻夜祈祷，感恩自己获救。第二天早上，他发现自己不知何故来到了一座四面环海的山顶。

山上居住着各种可怕的生物，包括长着翅膀的毒蛇，帕西瓦尔意识到自己无法抵御这些毒蛇，所以他决定相信神的庇护，并爬到他能找到的最高点。当他这么做

上图：帕西瓦尔反复遭到魔鬼的欺骗和诱惑，而这时候，魔鬼往往以女性的形象出现。他在胸前画十字的习惯不止一次救了他的命。

的时候，他目睹了一头狮子和一条长翅膀的毒蛇相互争斗，并决定帮助狮子，就像
伊万在同样的情况下所做的那样，因为狮子是一种更自然、更值得信赖的生物。

　　这头狮子和伊万的狮子一样，似乎对帕西瓦尔的营救心存感激，它跟了帕西瓦
尔一段时间，然后返回了巢穴。帕西瓦尔祈祷了一整天，直到他睡着时狮子又折返
回来陪伴他。夜里，他做了一个梦，梦中一个骑着狮子的女人告诉他，他很快就会
与一个可怕的敌人作战，还有一个骑着毒蛇的女人要求他解释为什么杀死她的飞
蛇。帕西瓦尔的理由是，他看到的正在打斗的野兽中，狮子更高贵，而且不太可能
伤害他。这位女士想让他成为自己的仆人以示补偿，帕西瓦尔拒绝了。

　　第二天，一艘白色的船驶来，帕西瓦尔请求船主让自己离开该岛。船主穿着和
神父一样的白色衣服，他解释说，帕西瓦尔被放逐在这座岛上，是为了考验他，只
要上帝愿意，就会释放他。他确实主动在任何必要的问题上给帕西瓦尔提供建议。
两人交谈了很长时间后，帕西瓦尔问他梦的意义。

右图：《寻找圣杯》中充斥
着神父和圣徒的训诫，他们
向英雄（和读者）解释他们
做错了什么。帕西瓦尔最终
被这样一个角色从岛上救了
出来。

上图：帕西瓦尔的妹妹带着帕西瓦尔、鲍斯和加拉哈德，来到一艘神奇的船上，船上有一把魔法剑在等着他。任何不虔诚的人登上这艘船都会被杀死。

这位智者解释说，骑狮子的女人代表基督教，并直截了当地警告帕西瓦尔，他很快就会亲自与魔鬼作战。骑着蛇的女人代表魔鬼，尤其是曲解或败坏宗教的罪恶。这艘船和船主离开了，不久又有一艘黑色的船靠近了。

这艘船上有一位女士，她说如果帕西瓦尔发誓对她言听计从，她会告诉帕西瓦尔关于他所寻找的骑士的事情。帕西瓦尔同意了，女士告诉他，骑士打败了另外两个人，但在一条河里失去了他的马。然后她指出帕西瓦尔需要离开岛，并前去帮助他。帕西瓦尔拒绝了，说他会一直留在岛上，直到上帝把他从这里解救出来。

帕西瓦尔宣布他会一直留在岛上，直到上帝把他从岛上解救出来。

那女人还告诉帕西瓦尔，她曾在一个富豪家里当过仆人，因为她惹富豪不高兴了，于是被赶到了荒野。从那时起，她就开始向富豪宣战，召集骑士和士兵来帮助她。她提醒帕西瓦尔，所有圆桌骑士都发誓要帮助需要帮助的女士，帕西瓦尔也同意他有义务帮助她。然后这个女人给了他食物和酒，并开始引诱他。帕西瓦尔看到剑柄上的十字架，于是他也在胸口画了个十字，瞬间就被恶臭的烟雾包围了。帕西瓦尔向基督求救，然后看到那个女人的幻觉渐渐消融。

船开走了，只留船上女人愤怒的话语还在余音回荡。帕西瓦尔对自己仍被困在岛上感到沮丧，他试图自杀，于是用剑划伤了腿。那天剩下的时间，他都在悔恨自己的罪过，傍晚时，他包扎伤口以减缓流血。整个晚上他都在祈祷，第二天，白船回来了。船主解释说，黑船上的女人是魔鬼，试图把他引入诱惑。然后，他发表了一段长篇大论，讲述了魔鬼的本质，以及魔鬼是如何试图招募值得尊敬的人来对抗上帝的。最后，船主消失了，船把帕西瓦尔从岛上载了出来。

兰斯洛特试图忏悔

与此同时，一位圣徒告诉兰斯洛特，他的骑士精神（意思是他的武艺）在寻找圣杯的过程中毫无用处，除非有虔诚和善良相伴。他得到武器装备，踏上了征程。不久之后，他遇到了一个男仆，男仆因为他看到圣杯却没有做出反应而对他斥责不休。兰斯洛特祈祷能从邪恶中得到救赎，不久，他来到了一个带有小教堂的隐居地。

那里的一位圣徒意识到兰斯洛特的罪孽深重，对此有很多话要说，但圣徒很难过，因为住在这里的隐士穿着一件细亚麻布衫去世了，因而违背了他神圣的誓言。这显然是魔鬼的杰作，所以圣徒召唤出魔鬼，并要求他解释。

魔鬼解释说，这位隐士在许下神圣的誓言之前是一位高贵的贵族，并曾短暂地重返战场，帮助他的侄子打败敌人。敌人发现了他的身份，并试图报复他。然而，奇迹发生了，隐士的长袍变得刀剑不入，*丝毫不受剑击的影响*。他的仇敌夺走了他的粗麻衣，并强迫他穿上细亚麻衫，企图活活烧死他。隐士死了，但他的身体和衣衫仍然完好无损。

魔鬼随后离开了，兰斯洛特帮忙埋葬了这位隐士的尸体。圣徒告诉他，他在寻找圣杯之旅中已经失败了，因为他罪孽太深重，无法看到圣杯。这位圣徒还进行了一番关于耐心、慈善和谦逊等美德的训话，这些都是兰斯洛特曾经拥有的美德，却被白白浪费掉了。他说兰斯洛特堕落的根源是桂妮维亚，她自从结婚后就没有忏悔过。他还建议兰斯洛特穿上这位隐士的粗毛布衣，以示他为自己的罪行寻求宽恕的诚意。

上图：兰斯洛特是他那个时代最伟大的战士之一，但圣徒一再告诉他，除非他有虔诚和神圣的灵魂，否则他的武艺毫无价值。他在悔悟之前一事无成。

兰斯洛特继续前行，遇到了之前生病的骑士，是他拿走了兰斯洛特的头盔、剑和马。那位骑士立即攻击了兰斯洛特。兰斯洛特把他从马背上击倒，然后把骑士的马拴在一棵树上，这样一来，当骑士从兰斯洛特给他的一击中恢复过来时，就可以找到自己的马了。然后，兰斯洛特继续骑马前行，他来到了另一个隐居地，在此，他向一位隐士讲述了他迄今为止的冒险故事。

兰斯洛特坦白了一切，并告诉这位隐士他前一天晚上做了一个奇怪的梦，梦中有两位骑士和七位国王。这位隐士接着讲述了七位国王的故事，他们是兰斯洛特的祖先，可以一直追溯到亚利马太的约瑟。两位骑士中年龄较大的是兰斯洛特本人，较小的是兰斯洛特的儿子加拉哈德。梦境中的加拉哈德因虔诚而得到上帝的奖赏，而兰斯洛特则不受上帝的青睐。

兰斯洛特继续前行，碰到了一场声势浩大的比武大会，两队骑士——一方身穿黑衣，另一方身穿白衣在格斗中相互厮杀。兰斯洛特看到一方要输了，决定帮助他们，于是加入了战斗。尽管他表现得很好，旁观者称他赢得了比武大会的荣誉，但无论他如何猛烈地攻击对手，似乎都无法伤害他们。

随着时间的推移，兰斯洛特筋疲力尽，然后被俘了，他在之前的比武中从未发

加拉哈德因虔诚而得到了上帝的奖赏。罪人兰斯洛特则不受青睐。

生过这样的事。他把这归咎于自己的罪行，但后来他做了一个梦，梦中一位圣徒斥责他缺乏信仰。他继续前行，又遇到了一位圣女，便向她询问这件事。圣女解释说，这场比武大会具有宗教意义。穿黑衣的骑士（兰斯洛特曾帮助过他们）罪孽深重，而穿白衣的骑士则是纯洁的。这场比赛也暗喻了兰斯洛特自己的道路，在罪孽与正义之间摇摆徘徊。

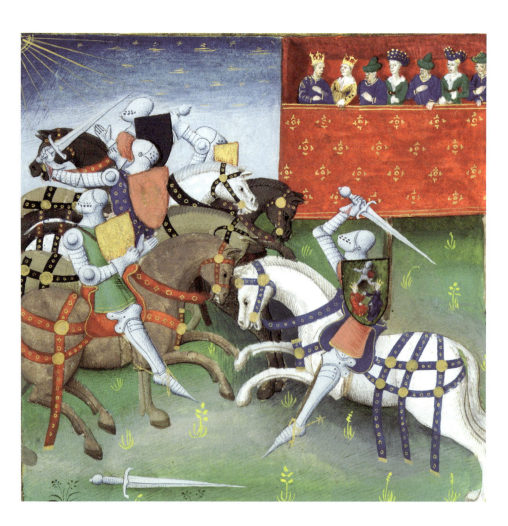

上图：兰斯洛特偶然碰到了一场神秘的比武大会，他自然也参加了。虽然他表现得很好，足以给所有旁观者留下深刻印象，但由于缺乏信仰，他无法给对手造成任何伤害。

在被警告偏离正道的危险后，兰斯洛特来到了马科塞河（River Marcoise）。正当他思量如何过河时，

兰斯洛特相信，上帝会给他指明前进的路。

一位身穿黑色盔甲的骑士上前杀死了他的马，然后疾驰而去。兰斯洛特认为这是上帝的旨意，并没有过度沮丧。他相信上帝会在适当的时候给他指引前进的路。

高文和赫克托找不到冒险机遇

与此同时，高文已经好几天没有任何值得一提的冒险经历了，这对他来说似乎很奇怪。见到赫克托·德·马尔斯（Hector de Mares）后，他发现其他骑士也是如此。两人一起骑马前行，一周后，他们仍然没有发现任何冒险机遇，直到他们在一个破败的小教堂里过夜。在那里，两人都产生了幻觉。高文眼前是一大群公牛，除了三头之外，其余公牛身上都有斑点。公牛们在食槽旁吃东西，但为了找到更好的食物而分散开来；许多公牛没有再回来，而那些回来的公牛正在挨饿。

赫克托眼前的景象是，他和兰斯洛特离开他们的高座，骑马出发，去寻找他们找不到的东西。兰斯洛特遭遇了许多不幸，从马上摔了下来，而赫克托则试图去一个富人家参加一场婚礼。他被告知，像他这样地位高的人不能进入，于是被拒之门

左图：高文和绿衣骑士的故事是支线故事，在故事中，高文被诱骗与绿衣骑士比武，绿衣骑士可以在被砍头后依旧存活下来，而高文则不能。

上图：国王班（King Ban）和国王鲍斯（King Bors）是亚瑟的盟友。班既是兰斯洛特的父亲，也是（与另一女人所生的）赫克托的父亲。鲍斯国王是班的兄弟，也是圆桌骑士鲍斯的父亲。

外。两人希望能找到一位圣徒来解释这些幻象，于是他们骑着马继续前行，遇到了一位骑士，骑士要求他们与他决斗。高文照做了，虽然高文自己被击落马下，但他用长矛刺伤了这名骑士。

兰斯洛特已经为他罪孽深重的傲慢而忏悔，但赫克托没有。

奄奄一息的骑士请求他们把自己带到附近的修道院，这座修道院很适合高文和赫克托。在那里，骑士问刚刚与他决斗的是谁，并透露自己是尤利安国王的儿子伊万。高文告诉伊万自己的身份，伊万说他很高兴死在这样一个值得尊敬的骑士手里。虽然他们都是圆桌骑士的一员，但即使在卸下头盔后，他们也未能认出对方。

高文和赫克托伤心欲绝，找到一位隐士询问他们看到的幻觉，得知公牛代表着不再谦逊有礼，已经变得骄傲自满的圆桌骑士。斑点公牛是被罪恶玷污的骑士；三头白色的公牛（其中一头只有一点点斑点，另外两头是纯白的）是能够完成寻找圣杯之旅的骑士。帕西瓦尔和加拉哈德是白色公牛，他们没有罪。鲍斯是有少量斑点的那头公牛，他过去犯过罪，但现在改过自新了。这位隐士解释说，罪孽深重的骑士们寻找圣杯是出于世俗原因，比如荣耀或奖赏，但只有那些出于纯粹和神圣动机的人才能找到圣杯。

赫克托的幻觉表明，他和兰斯洛特已经离开了他们在圆桌上的高位，骑着象征着傲慢和自得的骏马出去了；兰斯洛特从马背上摔下来，表明他已经对自己罪恶的傲慢感到了忏悔，但赫克托没有，因此也不会在寻找圣杯过程中取得任何有用的成就。高文和赫克托决定回到卡米洛特，因为他们无法完成圣杯探寻的任务。

鲍斯获得了圣徒的认可

鲍斯·德·高恩斯（Bors de Gaunes）遇到了一个骑着驴的圣徒，圣徒告诉他寻找圣杯的任务，还告诉他，任何试图在犯了弥天大罪后寻找圣杯的人都是傻子，会比一无所获的下场更惨。这些罪孽深重的骑士会因为冒充正义的英雄而陷入更大的罪恶之中，除了蒙羞外，别无所得。他还发表了一通关于忏悔如何驱除魔鬼，并让耶稣基督取代魔鬼的讲话。

这位圣徒同意鲍斯去寻找圣杯，因为他出身于一个善良的家庭，为人正直。他给鲍斯面包和水，说虔诚的骑士不应该吃饕餮大餐，因为这会导致奢侈和罪恶。鲍斯答应在找到圣杯前只吃面包和水，并承认了自己的一些罪行。虽然比起帕西瓦尔和加拉哈德，他的贞洁程度略逊一筹，但他已经足够接近，所以可以继续圣杯探索。

鲍斯继续骑马前行，然后目睹了一件怪事发生：一只鸟回到巢中，发现自己的幼崽已经死去。于是它不断啄食自己，直到流血而死，然而幼鸟竟被它的鲜血救活了。不久之后，鲍斯在一位女士家里落脚，这位女士的姐妹正在向她开战，因此她需要一位骑士来帮她作战，对抗她姐妹的捍卫者普里亚丹·勒诺尔（Priadan le Noir）。

女士的姐妹曾是阿曼兹国王（King Amanz）的妻子，由于她把不公正和邪恶的习俗引入了这片国土，导致被流放。女士在国王去世前一直管理着这片国土，但现在她的姐妹回来了，并用武力夺回了她以前拥有的一切。鲍斯自然说会帮助这位女士。

值得注意的是，在这个故事中，事业的正义性得到了强调——女士的姐妹想让土地回归邪恶，因此鲍斯不仅是为了打抱不平或是因为一位女士的要求而战。那天晚上睡觉前，鲍斯祈祷在即将到来的挑战中得到神的帮助，而在其他故事中，骑士们只是习惯于简单地陷入其中。鲍斯在睡梦中获得了奖赏，他看到了一些幻象，为他在未来的困境中如何行动提供了一些隐晦的建议。

在正式的挑战后，鲍斯和普里亚丹打了起来。两人都掉落马下后，他们用剑徒步作战。鲍斯注意到普里亚丹擅长防守，通过承受多次击打使他筋疲力尽，然后在普里亚丹虚弱时予以反击。他的敌人一投降，鲍斯就迫使这片土地

右图：城堡的女主人和她的所有侍女威胁说，如果鲍斯不爱她，就要从城垛上跳下来。事实证明，这是另一个让圣杯英雄堕落的邪恶伎俩。

左图：鲍斯和利昂内尔正要决一死战，突然从天而降的雷电将他们分开，并点燃了他们的盾牌。显然，利昂内尔在杀死一名圆桌骑士和一名圣徒后逃脱了惩罚。

的领主和附庸宣誓效忠于他帮助过的那位女士，从而安抚了人民。

接下来，鲍斯继续前行，遇到了两名骑士，他们抓住了他的兄弟利昂内尔。鲍斯还没来得及去帮他，就看见一位少女被一名骑士带走了。少女向他求助，这让鲍斯陷入了两难境地。鲍斯请求耶稣在他拯救少女时保护他的兄弟，于是他与那名骑士搏斗，轻松地击败了他。少女请求鲍斯带她回家，不久之后，他们又遇到了一些正在寻找少女的骑士。

鲍斯随后去寻找他的兄弟，路上遇到了一位圣徒，圣徒告诉他在哪里可以找到利昂内尔的尸体。那两名骑士把利昂内尔带到一个小教堂，圣徒解释了鲍斯的幻象。鲍斯还得知，为了获得贞洁的名声，他会拒绝一位爱他的女士，这将给许多人带来灾难，也会导致兰斯洛特死亡。

在附近的一座塔楼里，鲍斯受到了热情款待，随后被介绍给了此前他所耳闻的那位女士。女士请求鲍斯向她表达爱意，但鲍斯拒绝了，因为他兄弟的尸体还在教堂里躺着。然而女士坚持要求鲍斯必须爱她，因为她非常爱他，当鲍斯再次拒绝时，

俘获利昂内尔的人被击毙，他重新恢复自由。

女士和她的侍女们威胁要从城堞上跳下去。但鲍斯依旧拒绝了，于是她们跳下去自杀了。鲍斯在胸口画着十字，感觉到自己中的魔法被打破了，这段插曲只不过是魔鬼的诡计，目的就是要把他从正道上引开。

鲍斯的兄弟已经不在教堂里了，这让他怀疑利昂内尔是否真的死了。他继续往前走，来到一座修道院，修道院的修道士们向他解释了这些景象和奇怪的事情。

当然，那只自我牺牲的鸟是对基督的隐喻，它通过选择死亡来拯救人类。鲍斯与普里亚丹的战斗，代表着他为保护教会免受人类罪恶的侵害而战斗。修道院院长告诉鲍斯，利昂内尔还活着，但他没有基督教的美德，因此鲍斯选择拯救少女是正确的。这样，他完成了上帝的任务并得到了奖赏，俘获利昂内尔的人奇迹般被击毙，利昂内尔也重新获得自由。

接下来，鲍斯来到一座城堡，那里即将举行比武大会，他在教堂里找到了他的兄弟。利昂内尔对鲍斯放任他在囚禁处不管而感到愤怒，而且不愿听任何解释。他武装起来准备战斗，但鲍斯不肯。利昂内尔骑马撞倒了鲍斯，鲍斯遭到马的踩踏。一个圣徒试图拯救鲍斯，所以利昂内尔杀了他，如果不是卡罗兰特的干预，鲍斯将被

右图：这是加拉哈德爵士被册封为骑士的插图。传统上，骑士受封时会得到剑和马刺——实际上是他的职位徽章。剑和马一直都与贵族有着密不可分的联系。

斩首。

卡罗兰特是圆桌骑士的一员，也是鲍斯的朋友。利昂内尔袭击了他，经过长时间的搏斗，杀死了卡罗兰特。由于被马踩伤，鲍斯十分虚弱，他更倾向于祈祷而不是战斗。他祈求上帝宽恕他和兄弟的战斗，并准备自卫，但两人被从天而降的一道闪电分开，闪电烧毁了他们的盾牌。一个来自天堂的声音命令鲍斯去找帕西瓦尔，于是他把尸体留给利昂内尔照看，自己来到海边，在那里他发现了一艘船在等着他。鲍斯在船上睡着了，当他醒来时，帕西瓦尔就在那里了，尽管两人都不知道对方是怎么上船的。

加拉哈德找到了鲍斯和帕西瓦尔

与此同时，加拉哈德显然已经进行了许多冒险，尽管作者拒绝告诉我们这些故事，因为这需要花费太长时间。最后，他来到了一座城堡，那里的驻军遭到了猛烈

上图：寻找圣杯之旅最初的准备工作是一个盛况空前的场合，骑士们对着圣物庄严宣誓，毫无疑问，他们还自豪地吹嘘即将到来的成功。许多骑士没有回到卡米洛特，他们在路上遭遇了不幸。

这把剑在洛格雷斯只刺了一剑，就把这片土地变成了一片荒地。

的攻击，加拉哈德决定帮助他们。高文和赫克托大概是在回卡米洛特的路上，也碰巧遇到了这场战斗，但他们决定加入攻击者的行列。加拉哈德没有认出他们，于是袭击了高文，使他陷入昏迷，同时杀死了他的马。

高文恢复知觉后，意识到自己果然受到了加拉哈德从石头上拔出的那把剑的攻击。尽管高文曾与他们作战，城堡的骑士们还是把他带到了城堡里照顾。赫克托也留在了那里，直到高文痊愈。

加拉哈德在袭击者逃跑时继续追赶他们，后来漫无目的地骑马前行了一段时间，他遇到了一位少女，少女把他带到了岸边。在那里，他发现了一艘船，帕西瓦尔和鲍斯已经上船了。那艘船快速航行了一段时间，来到一个岛上，那里停泊着另一艘船。少女告诉三位骑士，船上有一场冒险在等着他们，并最终透露她是帕西瓦尔的妹妹，也是佩莱恩国王（King Pellehen）的女儿。她告诉骑士们，如果他们登上这艘船，就必须摆脱罪恶，坚定自己的信仰，否则就会死去。

船内有一张长榻，上面放着一顶王冠和一把剑，剑柄是用奇怪生物的骨头做成的。这些骨头的特性是使持剑者免受高温影响，也可以使他忘记一切，除了他握住武器的目的。

剑上的铭文说，除非武艺超群，否则无人能执此剑，而拔出剑的人若不比任何人擅长格斗，就会很快死去。帕西瓦尔和鲍斯试图拿起剑，但没有成功。加拉哈德拒绝尝试。

帕西瓦尔的妹妹告诉骑士们，这把剑只在洛格雷斯有过一击，是由瓦兰国王（King Varlan）完成的，他是一位皈依基督教的前撒拉逊人。瓦兰国王当时与渔王之父兰巴国王（King Lambar）交战。瓦兰差点就被打败了，但他从船上夺下这把剑，向兰巴发起了攻击，刺穿了兰巴和他的马后径直刺向了地面——这只是一击。两位国王的王国都被这一剑摧毁，成为瘟疫肆虐的荒原。瓦兰在把剑送回到船上后，不久就倒地身亡。

剑和剑带上还有其他可怕的警告，上面写着谁最珍视它，谁就会落败；谁要是把剑当作最美好的祝福，它就会成为诅咒。铭文还写道，这条剑带只能由纯洁的王室之女取下，如果她不再贞洁，她的命运会变得十分可怕。

上图：圣杯船将加拉哈德和他的同伴们带到了苏格兰，在那里他们对付了上帝的一些邪恶敌人，然后继续前往圣杯王的城堡。

上图：寻找圣杯之旅将加拉哈德塑造成一股不可阻挡的正义力量，能够克服任何障碍。在这幅图中，加拉哈德同时与40名骑士作战，即使是最伟大的圆桌骑士也不是他的对手。

帕西瓦尔的妹妹解释说，拿剑没有危险，因为铭文中提到的事情很久以前就发生了。第一场灾难发生在纳西恩（Nascien）身上，他是莫尔德雷国王的姐夫，当时他正在与一个巨人作战。纳西恩非常珍视这把剑，因为它为他提供了一种可能，使他能够赢得一场显然毫无希望的战斗，所以这把剑折断了，纳西恩也因此落败。第二起事件与帕兰（Parlan）有关，现在他被称为渔王。他发现了那把剑，正准备拔出时，大腿被一支超自然的长矛击中。这就是他如何成为渔王或废王（Crippled King）的始末，因此剑对他来说是一种诅咒。

在故事的这一点上，作者描述了长榻是如何由不同颜色的木头柱子组成的，并在解释这是如何形成的时候又扯开了话题。这个漫长的故事始于伊甸园，作者还解释了这艘船是如何建造的。然而，这与寻找圣杯并不是特别相关。骑士们在长榻上的王冠下发现了一封信，得知了这些事情，然后帕西瓦尔的妹妹将他们找到的剑绑在加拉哈德身上，这艘船在苏格兰登陆。

在苏格兰，加拉哈德和他的同伴们立即与一个满是敌对骑士的城镇发生了冲突。圣杯骑士们击败了最先攻击他们的10人，夺走了他们的马，然后骑马进入了城堡，在那里战斗并击败了守军。圣杯骑士们为他们杀死了大量敌人感到懊悔，但他们认为这是上帝的旨意，所以情有可原。城堡里的一位圣徒随后解释说，这座城镇由三个憎恨上帝的兄弟统治，这减轻了加拉哈德杀死他们的负罪感。兄弟仨犯下了种种名副其实的罪行，包括与姐妹乱伦、伤害父亲、摧毁教堂和攻击修道院院长。

濒临死亡的前领主告诉加拉哈德，邪恶的兄弟仁和他们的骑士被杀之后，天堂为之欢欣鼓舞，现在

骑士们按照帕西瓦尔妹妹的要求，把她的尸体放在船上。

三位圣杯骑士应该动身去渔王的城堡了。他们进入了加斯特森林，由四头狮子护送的白色牡鹿为他们指路。他们被带到一个小教堂，参加了一场弥撒，在弥撒上，三个人都产生了幻觉，后来幻觉被解读为基督教的另一个隐喻。

离开教堂后，圣杯骑士们来到一座城堡，城堡主人坚持要求每位路过的处女从手臂上放血，而且血要盛满一盆。城堡里的 10 名骑士封锁了道路，要求帕西瓦尔的妹妹也必须这样做，圣杯骑士们拒绝了。于是一场战斗随之爆发，这 10 名骑士受伤严重，但他们得到了城堡 60 名同伴的增援。

战斗一直持续到夜幕降临，这时城堡主人请求加拉哈德和他的同伴休战，并热情款待他们。吃晚餐时，他解释说，城堡里有位女士重病缠身，只有用身心都是处女的少女血液才能治愈，这个少女就是王室之女，也就是帕西瓦尔的妹妹。

帕西瓦尔的妹妹决定满足女士的要求，第二天给她输了血。可她自己却因失血过多晕倒，她意识到自己快要死了，于是给出了如何处理她尸体的指示，并敦促圣杯骑士们继续寻找圣杯。骑士们按照帕西瓦尔妹妹的要求，把她的尸体放在一艘船上，任其漂流。他们没有回到城堡，而是在暴风雨来临时在附近的一个小教堂里躲避。风暴过后，城堡被摧毁，里面的人都死了。

骑士们发现了许多处女的坟墓，这些处女都以同样的方式死去，她们都没能治愈城堡中的女士。骑士们认为，这场毁灭是上帝的报复，因为帕西瓦尔的妹妹献血治愈了一位可怕的罪人。骑士们决定分头前进。鲍斯去帮助一个受伤的骑士，他正从另一个骑士手中逃脱，不久之后加拉哈德和帕西瓦尔也分道扬镳。

兰斯洛特的航行

兰斯洛特在马科塞河边停留了一段时间，直到一个来自天堂的声音告诉他去河边，并登上他在那里发现的一艘船。他照做了，然后睡着了。当他醒来时，他发现船上有一个少女。她已经死了，身边的纸条上写着她是帕西瓦尔的妹妹。兰斯洛特读到了他的朋友们迄今为止所分享的冒险经历，很快他就遇到了一位圣徒，圣徒警

告他不要重蹈覆辙，又捡起从前的恶习，否则十分危险。

　　兰斯洛特在船上待了一个月，他一边祈祷，一边接受神的眷顾。然后他发现河岸上有位骑士正在靠近。原来那位骑士是加拉哈德，他上了船，两人在船上航行了半年。作者告诉我们，他们有很多冒险经历，主要是在神的眷顾下取得了胜利，但作者没有告诉我们更多关于冒险的细节。最后，加拉哈德离开船，继续寻找圣杯，兰斯洛特则独自航行，但他是为了保护帕西瓦尔妹妹的尸体。

　　兰斯洛特最终来到了一个小镇，他发现有两只狮子守卫着城门。他拔出剑来，打算与它们作战，但被一个来自天堂的声音斥责，说他愚蠢至极，竟然相信他的剑胜过上帝的仁慈。他把武器插入鞘，发誓再也不拔出剑了。狮子没有伤害他，但他发现镇上空无一人。

　　兰斯洛特在宫殿里搜寻，之后来到了一个房间，那里正在做弥撒，天使们也在场。尽管有人警告兰斯洛特不要进去，但他为了帮助陷入困境的神父，还是进去了。兰斯洛特被赶出了房间，第二天早上，镇上的人发现了他，他还活着，但不能动弹，也不能说话。兰斯洛特就这样待了24天才痊愈，一天代表着他曾经充满罪恶而服侍魔鬼的一年。

右图：兰斯洛特彻底忏悔了自己的罪行，加拉哈德也加入了他的行列，两人一起经历了许多冒险。然而，作者并没有告诉我们关于他们冒险的任何事情，而是更愿意讲述圣徒的训诫。

上图：在加拉哈德出现之前，兰斯洛特是最伟大的骑士。在他的一些战斗中，他的剑所及之处，没有任何东西能幸存下来。兰斯洛特离开圆桌骑士团是个沉重的打击。

上图：虽然兰斯洛特和赫克托在加拉哈德之前到达了圣杯城堡，但只有加拉哈德足够纯洁和神圣，可以完成圣杯探寻，并治愈渔王。兰斯洛特无法看到圣杯，赫克托甚至连门都进不去。

　　兰斯洛特发现自己在帕西瓦尔之父佩尔斯国王的镇上。圣杯也在那里，因此每顿饭桌上都摆满了丰盛的食物。一天晚上，一位骑士来到城堡的门前，但城堡里的人对他紧闭城门。国王让他离开，因为他罪孽深重，而且圣杯在内，他无法进去。那名骑士就是赫克托，他之前在梦中预见了这些事。之后，兰斯洛特回到卡米洛特，讲述了他的冒险经历。

加拉哈德创造了奇迹

　　加拉哈德把兰斯洛特留在船上，来到了莫尔德雷国王等待的修道院。在与加拉哈德交谈后，莫尔德雷终于与世长辞，他之前为了加拉哈德等了许多年。加拉哈德随后去了一口沸腾但无法伤害他的泉水处，泉水逐渐冷却，此后便以加拉哈德的名字闻名。在一座修道院里，他救出了他的祖先西米恩（Simeon）。西米恩得罪了亚利马太的约瑟而被判处火刑数百年。

　　加拉哈德后来与帕西瓦尔会合，五年来，他们在这片土地上经历了各种冒险，纠正了许多错误，因此，洛格雷斯从此变得更加平静，冒险活动也更加稀少。最后，

　　他们遇到了鲍斯，来到了渔王的城堡科贝尼克（Corbenic）。

　　在那里，加拉哈德和他的同伴们与佩尔斯国王共进晚餐。所有不圣洁和不正直的人都被告知要离开大厅，因为圣杯很快就会出现在他们当中。有九位骑士加入剩下的人，一起享用盛宴。其中三名骑士来自丹麦，三名来自高卢，还有三名来自爱尔兰。

　　受伤的渔王被人从床上扶起来，向加拉哈德致意，他已经等待加拉哈德很久了。所有不是寻找圣杯的骑士团的人都离开大厅。第一位基督教主教约瑟夫（Josephe）出现在他们中间，天使伴他左右。天使们带来了圣杯和滴血长

右图：在加拉哈德和他的同伴们完成圣杯探寻后，圣杯离开了不列颠。作者暗示，圣杯被拿走是因为不列颠人民太过罪恶，不值得圣杯留在这里。

矛，约瑟夫做了弥撒，然后就消失了。

随后，圣杯骑士团见到了耶稣本人，耶稣亲自给了他们圣礼，并告诉他们，虽然过去有一些可敬的人参加了圣杯盛宴，但从来没有人坐在加拉哈德和他的同伴们现在所坐的尊贵位置上。这场宴会上有 12 位骑士，正如在"最后的晚餐"中有 12 位使徒一样。耶稣告诉他们，他们将离开这里，像使徒们一样去传道，除了一人外，其他人都会在途中死去。

耶稣还指示加拉哈德用滴血长矛上的血来治愈渔王，他照做了。国王随后离开城堡，加入了一个白衣修道士社团，那里发生了许多奇迹。参加宴会的 12 名骑士散去了，加拉哈德、鲍斯和帕西瓦尔回到他们发现宝剑的船上。圣杯也在那里，他们一上船，就扬帆起航了。

最后，他们来到了萨拉兹（Sarraz），第一位基督教主教的祝圣仪式就是在这里举行的。他们把圣杯带到一座神庙，然后看到载着帕西瓦尔的妹妹漂流的小船驶近了。埋葬了她之后，他们三人被城中的国王奸诈地囚禁了起来，但圣杯却让他们过着奢华的生活。国王临死前，请求他们宽恕，并在得到宽宥后死去。

加拉哈德被立为该城的国王，并统治了一年。在终于看到了圣杯所揭示的奇迹后，他祈祷能在他生命中最美好的时刻死去。接受圣礼后，加拉哈德与同伴们在最后的时间分别。就在他倒下死去的时候，圣杯和长矛被一只神圣的手拿走了。帕西瓦尔过了三年的隐士生活，后来也去世了。鲍斯

右图：一幅 15 世纪的图画，加拉哈德和他的同伴跪在圣杯前。故事没有详细讲述圣杯盛宴上其他九名骑士的结局。

把帕西瓦尔埋在他妹妹身边，然后回到卡米洛特，讲述了他的冒险经历。此后，再也没人在地球上见过圣杯。

具有宗教隐喻的圣杯探索

寻找圣杯的故事与早期的故事有着截然不同的特点。它较少关注骑士的行为，更多地关注其潜在的宗教信息———一有机会就会以严厉的方式反复强调。圣杯英雄们骑马从修道院到隐居地，不时地因为他们的罪恶行径而受到斥责，或者被嘱咐以后要举止得体。

到 1180 年，1136 年的虚构历史已经演变成骑士冒险故事的背景，但 1210 年的寻找圣杯的故事是对亚瑟王神话的粗暴改编，呈现出一种史诗般的寓言。暴力和冒险仍然存在，但基本上被掩盖了，以便能留下更多篇幅来阐述宗教事件或英雄行为的神圣意义。

12 世纪的故事中，骑士们为正义、骑士精神和他们领主的荣誉而战，13 世纪初期的骑士们似乎更关心完成上帝的任务。很明显，在罪不可赦的状态下，没有人能有所建树，而且不乏圣徒，尤其是白衣修道士，随时提醒骑士们这一点。看来，作者是有目的的。

上图：《寻找圣杯》采用了一个宏大寓言的形式，早期故事中骇人听闻的暴力情节被圣徒和隐士们冗长的阐述取代。它传达的信息很明确：罪人无法取得任何意义重大的成就。

第五章
亚瑟王之死

托马斯·马洛礼爵士（Sir Thomas Malory）写下《亚瑟王之死》（*Le Morte d'Arthur*）后，亚瑟王传说呈现出众人公认的经典形式。

左图：兰斯洛特爵士在一场比武大赛中上场，而亚瑟王和桂妮维亚则在旁观看。后来的故事将亚瑟王贬为这种消极角色——所有伟大的事迹都是他的骑士团建立的，而亚瑟王则负责领导骑士团。

马洛礼的确切身份还有待商榷，但他最常见的身份是一位参加过玫瑰战争的骑士，死于 1471 年。他似乎被监禁了相当长一段时间，这让他有时间写史诗故事。该书于 1485 年出版，随后还有再版和修订版。

当然，马洛礼借鉴了蒙茅斯的杰弗里和克雷蒂安·德·特鲁瓦的作品，但他也受到了其他人对亚瑟王传说添砖加瓦的影响。其中值得一提的是罗伯特·德·博朗（Robert de Boron），他写了关于梅林和亚利马太的约瑟的诗，这些诗被纳入了亚瑟王神话中。罗伯特·德·博朗还为亚瑟王传奇增添了石中剑的故事。

德国史诗诗人沃尔夫拉姆·冯·埃申巴赫（Wolfram von Eschenbach）、哈特曼·冯·奥厄（Hartmann von Aue）和戈特弗里德·冯·斯特拉斯伯格（Gottfried von Strassburg）在 1200 年左右创作的作品借鉴了早期亚瑟王故事，并将以前与亚瑟王神话无关的传统故事融入其中。

左图：德国史诗诗人沃尔夫拉姆·冯·埃申巴赫的雕像。他与同时代的哈特曼·冯·奥厄和戈特弗里德·冯·斯特拉斯伯格一起，为亚瑟王神话作出了重大贡献。

托马斯·马洛礼是谁?

马洛礼可能还有其他身份，但如果他是玫瑰战争（1455—1485年）期间的一名骑士，那么他会有在内部政治分裂的宫廷中担任骑士的经历，在那里，朋友与敌人同样受到正式礼节的约束，而荣誉值得为之争夺。他所处的时代比亚瑟王在与撒克逊人战斗中的追随者所处的时代要复杂得多，他的观点也与自己的经历息息相关。目前已知关于马洛礼的情况在《温切斯特手稿》（*The Winchester Manuscript*）中有记载，该手稿于1934年在温切斯特大学图书馆发现，其中马洛礼被描绘为"骑士囚犯"。他不仅是一名骑士，还拥有土地，并且从1449年起一直担任议会议员。1451年，他被控敲诈勒索、入室盗窃和强奸，最终被判入狱一年。随后，他又因各种罪行和越狱而被捕，但他最终在1461年被爱德华四世（Edward IV）赦免。

影响和借来的故事

其他故事通过影响和直接融入的方式，成为亚瑟王神话的一部分。凯尔特传说《特里斯坦与伊索尔德》讲述了康沃尔国王马克（King Mark of Cornwall）宫廷中的一段悲惨爱情故事。几乎可以肯定，这个故事对亚瑟王宫廷里桂妮维亚和兰斯洛特的爱情故事产生了影响。这两个故事都试图披露这对恋人以及这段恋情所导致的友情裂痕。除了对亚瑟王故事产生影响外，特里斯坦与伊索尔德的故事后来被全盘纳入亚瑟王故事中，特里斯坦也被重新塑造为圆桌骑士。

13世纪初，多位身份不明的作者创作了几部作品，构成了现在的兰斯洛特－圣杯系列故事，或正典系列（Vulgate Cycle）。在13世纪晚些时候，经过重新加工创作，后正典系列（Post-Vulgate Cycle）应运而生，其中完全省略了一些章节，并修改或添加了其他章节。后正典系列对马洛礼的作品产生了重要影响。

其他版本的亚瑟王故事，连同许多其他传说，出现在威尔士传统文学的主体中，被称为《马比诺吉昂》（*Mabinogion*）。在14世纪，这部作品首次以书面形式出现，但其中的故事要古老得多，很多都借鉴了古代凯尔特神话。即使《马比诺吉昂》和亚瑟王传说之间没有直接联系，但两者中的许多事件和人物之间都有相似之处。

因此，马洛礼在写《亚瑟王之死》时所受影响广泛，掌握资料众多——但有些素材往往相互矛盾。马洛礼对这个故事的诠释已成为经典之作，为后世反复传诵，与更"现实"的版本相比，这个故事又被称为浪漫化的故事。马洛礼的故事是威廉·卡克斯顿（William Caxton）出版的第一本书，他在英格兰创办了第一家印刷厂，也成为第一家印刷书籍的销售商。光是这一点就可以让《亚瑟王之死》在历史书中占有一席之地，即便它不是有史以来最有影响力的故事之一。

马洛礼的亚瑟王故事总体上遵循了蒙茅斯的杰弗里的作品中的大纲，从尤瑟·潘德拉贡的事迹开始，以亚瑟在与莫德雷德的战斗中死亡而告终。然而，马洛礼还增添了许多新角色，并讲述了他们的故事。这些故事以亚瑟统治为背景展开，但并非所有这些故事都与亚瑟生平的整体情节线息息相关，马洛礼的故事最初由卡克斯顿出版，当时共发行21本书，但这个故事的篇幅原本是8本书。

左图：《亚瑟王之死》是威廉·卡克斯顿出版的第一本书，他将印刷机引入了英格兰。无论这本书的内容如何，这都是一个极其重要的历史事件。

亚瑟获得了他的王国

马洛礼的故事以蒙茅斯的杰弗里伪历史中大家耳熟能详的事件为开端。尤瑟·潘德拉贡在梅林魔法的帮助下，与伊格赖因（戈洛伊斯的妻子）发生了性关系，随后伊格赖因在廷塔哲城堡生下亚瑟。这个男孩被埃克特爵士（Sir Ector，在某些版本中又称为安托尔）收养，他长大后成为埃克特的儿子凯的侍从。埃克特不知道亚瑟的父亲是谁，亚瑟本人也不知道。

在此期间，尤瑟病逝，各大领主争相夺权，王国陷入一片混乱。梅林终结了这一局面，他施展魔法，使一把剑贯穿铁砧，刺入底下的大石头中，并在剑刃上刻上铭文，写着只有准英格兰国王才能拔出此剑。许多人试图拔出这把剑，当然，都以失败告终了。

亚瑟从小对自己的身世一无所知，但他在15岁之前一直接受梅林的教导。他还是个侍从时，就去了威斯敏斯特（Westminster）——那把剑的所在地，与凯爵士一起参加了一场比武大赛。根据某些版本的故事，凯在战斗中折断了剑；在某些版本的故事中，他只是忘了带剑。不管怎样，亚瑟都被紧急派去寻找合适的武器。他把剑从石头中拔出来，带到凯面前，丝毫没有意识到自己所做的事情意义之重大。

埃克特听说过这把剑，于是他让亚瑟把剑放回去，然后

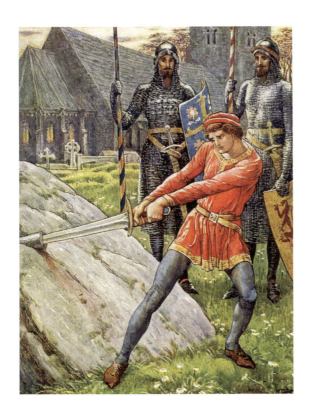

左图：亚瑟从石头中拔出剑，确立了他作为尤瑟·潘德拉贡继承人的统治权力。然而，有许多人并不接受，导致了一段时间的血腥冲突。

石中剑不是断钢圣剑，尽管其他版本的故事有截然不同的说法。

再拔出来。从来没有人能拔出这把剑。亚瑟在领主、骑士和神职人员面前重复这一壮举后，他被推举为英格兰国王。凯将成为他的总管。值得注意的是，这把剑不是断钢圣剑，尽管某些版本认为它是。

虽然那些亲眼见证了亚瑟壮举的人对他成为国王确实心悦诚服，但许多遥远地区的国王和大领主并不承认他的王位。亚瑟在威尔士的卡里昂（Carlion）举行五旬节庆祝宴会的时候，他们来到此处，挑战亚瑟的统治权。亚瑟和他的支持者们被围困了一段时间，然后梅林抵达，并预言亚瑟能获胜。随后数百名骑士改换阵营，投靠了亚瑟，使他能够击败敌人。亚瑟听取了梅林的建议，

右图：当亚瑟自己的剑——可能是从石头上拔出的那把——在与佩利诺尔国王的决斗中折断时，这位湖中仙女送给了亚瑟一把断钢圣剑。这是梅林直接帮助亚瑟的少数几个场合之一。

一旦己方军队战败，就立即让他们撤退。

在国王班和鲍斯的帮助下，亚瑟再次与敌人对峙，并与他们进行了更多血战。11 位国王的军队共同对抗亚瑟，但他们不得不无功而返，因为在他们外出战斗期间，他们自己的国土遭到了攻击。亚瑟随后出兵援助了莱奥德格兰斯国王（King Leodegrance），并爱上了他的女儿桂妮维亚。他们结婚了，莱奥德格兰斯送给亚瑟的礼物中有一张圆桌，可以围坐 150 名骑士。

洛特王也是亚瑟的反对者之一，他娶了亚瑟同母异父的姐姐莫高斯。亚瑟不知道他和莫高斯是亲属，于是在莫高斯参观他的城堡时，与她发生了性关系。他们生下一个孩子，名叫莫德雷德，这个孩子是亚瑟最终死亡的根源。不久之后，亚瑟被介绍给他同母异父的姐姐摩根勒菲，她是伊格赖因和戈洛伊斯的女儿。

亚瑟还遇到了佩利诺尔国王，他要去猎杀寻水兽，这是一项没有结果的任务。过了一会儿，他们再次相遇，这次是在战斗中，佩利诺尔在亚瑟的剑折断后获胜。梅林出面干预，让佩利诺尔陷入魔法沉睡中，然后引导亚瑟去找湖中仙女，湖中仙女给了亚瑟一把魔法断钢圣剑。虽然这把剑确实是把宝剑，但它的剑鞘更为神奇——无论是谁，只要把剑鞘佩在腰上，就能刀枪不入。

亚瑟王曾帮助莱奥德格兰斯对抗里恩斯国王（King Rience），里恩斯有收集敌人胡须的怪癖，而且他还会把胡须织成斗篷来穿戴。他向亚瑟索要胡须，并威胁说，如果亚瑟拒绝，他会把亚瑟的胡须和头颅一起收集起来。亚瑟自然拒绝了，因此导致了战争。在此期间，亚瑟颁布了一项法令，所有与莫德雷德同一天出生的贵族子女都将被处死。婴儿们被围困在一艘船上随波逐流，随后船只失事，只剩下莫德里德依然存活。

渔王之伤

在准备与里恩斯国王作战时，湖中仙女派来的一位使者带着另一把魔法剑来到了这里。这把剑只有世界上最强大的骑士才能拔出来。刚刚从监禁中重获自由的巴林·勒·萨维奇爵士（Sir Balin le Savage）设法拔出了这把剑，尽管有人警告他会后悔的，他依旧决定将这把剑带在身边。

湖中仙女与巴林爵士结怨，她来到卡米洛特，要求巴林用自己的头颅作为交换断钢圣剑的礼物。然而巴林杀死了湖中仙女，并因这一罪行被逐出宫廷。为了重获亚瑟的青睐，他历经数次冒险后俘虏了里恩斯国王，但这并没有阻止亚瑟对里恩斯王国的讨伐。洛特王和其他 11 位反对亚瑟的国王加入了这场战斗，但最终被击败。洛特王为佩利诺尔国王所杀。

巴林的不幸还在继续，一个能隐身的骑士杀死了巴林麾下的一名男子。为了复仇，他追杀骑士来到圣杯所在地利斯特内斯宫廷，并在那里杀死了他。圣杯王折断了巴林的剑以示惩罚，于是巴林抓起身边的武器向他发起了反攻。这把武器恰好是滴血长矛，巴林用它施展了灾难一击，导致圣杯王伤残，并将他的王国变成了一片荒地。

后来，巴林与他的兄弟巴兰狭路相逢。他们没有认出对方，于是打了起来。两人都受了致命伤，死后埋葬在同一个坟墓里。巴林从湖中仙女手中夺走的那把被诅咒的剑被梅林插在了一块石头中。这把剑会在后面的故事中再次出现。

右图：巴林爵士是一个遭到魔法剑诅咒的悲剧人物。在对渔王施加灾难一击致其伤残之后，巴林与他的兄弟巴兰交战，并杀死了他，因为他没有认出巴兰。兄弟俩之后葬在同一个坟墓里。

圆桌成立

随着王国得以巩固，亚瑟开始吸引各方骑士来填补他那张著名圆桌的空余席位。许多慕名而来的人都是大领主和国王的儿子，有些人自己本身就是国王。相较于自己本身的社会等级，有的人更重视圆桌的成员资格。然而，在吸纳最优秀的骑士成为圆桌成员的过程中，亚瑟冒了很大的风险，因为他们中的许多人彼此之间存在分歧。佩利诺尔国王是圆桌成员之一，但高文和加赫里斯（Gaheris）也是。他们俩是洛特王的儿子，佩利诺尔杀死了洛特王，因而他们想要复仇，但准备静待时机。

在此期间，佩利诺尔继续猎杀寻水兽，几乎把其他一切事情都排除在外，导致他忽略了一位女士的呼救，这使他感到非常羞愧。这件事发生后不久，亚瑟开始发动所有圆桌骑士宣誓维护善行义举，并帮助那些需要帮助的人。每年五旬节时都要重新宣誓，因此又被称为五旬节誓言。

湖中仙女之前为巴林所杀，后来，一个名叫尼缪的人成为湖中仙女，梅林爱上了她。梅林虽然深知尼缪会毁了他，但依旧无法抗拒对她的爱。于是梅林教尼缪魔法，尼缪却用魔法把他囚禁在山洞里或巨石下。此后，她取代了梅林的角色，成为亚瑟的顾问和保护者。

在挫败了北方五位国王罢黜或杀害他的企图后，亚瑟与尤利恩斯国王（King Uriens）和阿克隆爵士（Sir Accolon）一起去打猎。他们遭到欺骗并被俘，但是尤利恩斯奇迹般回到了卡米洛特，与他的妻子摩根勒菲在一起。亚瑟被囚禁在一座城堡里，城堡的主人与他的兄弟是宿敌。城堡主是个彻头彻尾的坏人，他一直在囚禁骑士，直到他们同意为他战斗。亚瑟说如果他能释放所有囚犯，就愿意为他作战。

摩根勒菲不仅是尤利恩斯国王的妻子，还是阿克隆爵士的情人。阿克隆被关押在其他地方，他在不知道自己对手是亚瑟的情况下同意战斗。摩根勒菲知道与他交手的是亚瑟，于是把断钢圣剑给了阿克隆，这把剑的剑鞘可以保护他免受伤害。亚瑟此前极不明智地把他那把魔法剑交给了摩根勒菲保管。后来，她把自己制作的假剑还给了亚瑟，把原剑据为己有。

亚瑟以为自己有断钢圣剑在手，所向披靡，却受了伤，他的假剑随后在阿克隆的头盔上折断了，他继续用残剑与之搏斗。后来湖中仙女尼缪把他救了下来，尼缪

上图：尼缪从梅林那里学会了魔法，然后背叛了他，将他囚禁。此后，她取代梅林，成为亚瑟的魔法顾问，并多次直接协助他。

使阿克隆放下了断钢圣剑，阿克隆也重伤而亡，亚瑟发誓要向摩根勒菲复仇。

摩根勒菲觉得亚瑟要死了，于是决定摆脱她的丈夫尤利恩斯国王。他们的儿子尤文（Uwaine）阻止了她，并因其罪行要将她送到修道院。她去了亚瑟养伤的地方，偷走了断钢圣剑的剑鞘。尽管遭到追捕，她还是把剑鞘扔进湖里后逃跑了。

摩根勒菲随后给亚瑟送去了一件斗篷，如果他穿上斗篷就会丧命，但尼缪再次救了亚瑟。亚瑟流放了尤文爵士，以防他与母亲同流合污，这导致尤文的表兄弟高文也离开了。经历各种冒险之后，他们才重回了宫廷。

左图：摩根勒菲试图在亚瑟睡觉时偷走断钢圣剑，但由于亚瑟握着剑柄，她只能退而求其次，拿走了剑鞘。亚瑟因此不再是刀枪不入，所以莫德雷德最终能够杀死他。

与罗马的战争

正如蒙茅斯的杰弗里在其伪历史书中所说的那样，罗马的大使们到达卡米洛特，要求亚瑟朝贡。亚瑟拒绝了，并准备向罗马开战。马洛礼版本的故事也提及了杰弗里版本中的一些事件，亚瑟关于熊与龙战斗的梦重现，同样出现的情节还有与圣米歇尔山上的巨人搏斗。然而，在马洛礼的版本中，是一头野猪与龙搏斗。

这场战争也与杰弗里版本中的描述相差无几。战斗始于双方的博弈，随后不断升级，当俘虏的护卫队遭到攻击时，战争真正爆发，亚瑟最终打败了卢修斯。然而，在这个版本中，亚瑟实际上抵达了罗马，并加冕为皇帝。在留下亲信管理新领土后，亚瑟自己则回了家。

兰斯洛特、加雷斯和特里斯坦

马洛礼的八本书中有三本主要讲述个人事迹。首先讲述的是兰斯洛特·杜·拉克（Lancelot du Lac）的个人事迹。兰斯洛特是班国王的儿子，在逃离敌人过程中，还是婴儿的兰斯洛特与父母分离，并为湖中仙女所救。他就是这样在魔法环境中长大，后来去了卡米洛特被封为骑士。

兰斯洛特一到卡米洛特就对桂妮维亚一见钟情，但也和亚瑟成为好朋友。摩根勒菲渴望得到兰斯洛特，曾一度对他施展魔法，使他陷入沉睡，并趁机困住了他。兰斯洛特在巴格德马古斯国王（King Bagdemagus）女儿的帮助下逃走了，尽管作为回报，他必须同意代表巴格德马古斯参加比武大会。

兰斯洛特因严格遵守亚瑟王的骑士团宣誓的五旬节誓言而闻名。凡是向他求助的女士，他总是会施以援手，即使情况危急，或者内有诡计。他帮助过的一位女士把他出卖给了邪恶的菲洛特爵士（Sir Phelot），她要求兰斯洛特从树上取回她的鹰。兰斯洛特不得不卸下武器和盔甲爬上树，然后遭到了菲洛特袭击。兰斯洛特用树枝作战，赢得了这场战斗。

在他的冒险过程中，兰斯洛特不止一次营救了凯爵士，还一度在营地中"借用"了他的盔甲。兰斯洛特不想被人认出自己，并认为伪装成凯爵士可能会有所帮助。这导致了其他圆桌骑士误认为兰斯洛特是杀害凯的恶人。

在兰斯洛特进行许多冒险的途中，他去了圣杯王的城堡，但由于他爱上了别人的妻子（是否通奸仍然是一个未解之谜），他无法真正领会自己所看到的一切。他中了魔法，以为自己和桂妮维亚发生了性关系，而事实上那是圣杯王的女儿伊莱恩。伊莱恩给他生了一个儿子，名叫加拉哈德。

不久之后，亚瑟王为纪念他在法兰西战争的胜利，举行了一场盛宴，兰斯洛特和伊莱恩都参加了，尽管兰斯洛特眼中只有桂妮维亚，伊莱恩还是密谋把他带到了自己的床上。这导致尴尬的一幕发生，兰斯洛特在睡梦中和伊莱恩在床上谈论他对桂妮维亚的爱，而在隔壁房间的桂妮维亚无意中听到了。

右图：兰斯洛特是亚瑟王传说的中心人物。他是一个所向披靡的战士，有许多精彩的冒险经历，包括被摩根勒菲用魔法催眠，以及中了魔法后与伊莱恩生下加拉哈德。

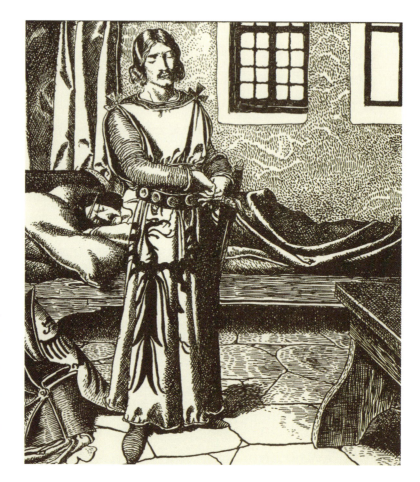

右图：兰斯洛特更愿意尽可能隐姓埋名或乔装打扮，因为他的名声可能会成为负担。有一次，他伪装成凯爵士，导致其他骑士误认为凯被谋杀，盔甲被偷了。

桂妮维亚与兰斯洛特对质，狠狠地训斥了他一顿。结果他发疯了，跑进了森林，在那里像个野人一样生活了两年。骑士们去找他，包括与埃克特爵士比武时受了重伤的帕西瓦尔也前去寻找他。当圣杯出现在帕西瓦尔面前时，兰斯洛特和帕西瓦尔两人都痊愈了。

兰斯洛特遇到了布莱恩特爵士（Sir Bliant），在神志不清的状态下试图夺走布莱恩特的剑和盾牌。布莱恩特进行了抵抗，但依旧被疯狂的兰斯洛特制服了。在其他骑士的帮助下，布莱恩特成功地把兰斯洛特带到一座城堡里，然后把他锁在一张床上，以防止他再次逃跑。在那里，神志不清的兰斯洛特得到了妥善照顾，之后他也报答了救命恩人。一天，兰斯洛特透过窗户看到布莱恩特爵士与六名骑士搏

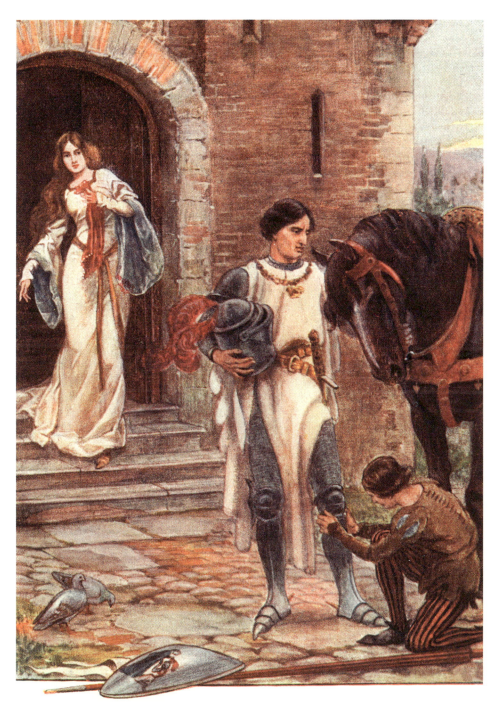

上图：兰斯洛特遭到欺骗，与圣杯王的女儿伊莱恩上床。兰斯洛特对她很不好，虽然后来他们在"欢喜地"城堡里度过了一段幸福时光。

斗。他挣断锁链，跳出窗外，打得骑士们落荒而逃，救了布莱恩特。

最后，兰斯洛特在狂奔时被伊莱恩发现，并被带回她父亲的城堡，在那里，圣杯使他恢复了理智。他请求伊莱恩原谅自己以前对待她的方式，然后他们一起搬进了一座城堡，这座城堡曾被称为"忧伤地"（Dolorous Gard），但现在被称作"欢喜地"（Joyous Gard）。

兰斯洛特举办了一场比武大会，在比赛中与他的一些老伙伴重逢，他们告诉他，他们曾多么努力地寻找他。于是兰斯洛特决定回到卡米洛特，在那里受到了热烈欢迎。他带着他的儿子加拉哈德一起，希望他也能成为骑士。

奥克尼的加雷斯

奥克尼的加雷斯（Gareth of Orkney）的故事始于一个不愿透露自己名字的年轻人来到宫廷。凯爵士对他很残忍，给他起了个绰号叫"白手"（Beaumains），但兰斯洛特和高文很喜欢他。加雷斯大多时间生活在厨房，似乎喜欢与平民为伍。这让许多人认为他根本不是贵族。

最后，一位女士来到宫廷请求帮助，因为她姐姐莱昂内斯女士（Lady Lyonesse）的城堡遭到红土地的红骑士（Red Knight of the Red Lands）围攻。虽然加雷斯主动提出帮忙，没有得到接受，但他依旧愿意施以援手。在路上，加雷斯遇到了凯爵士和

右图：尽管有人怀疑他是平民，但奥克尼的加雷斯是一位凶猛的战士，即使是兰斯洛特面对他，也要打一场硬仗。在透露自己的血统之前，他凭借自己的功绩赢得了圆桌上的席位。

兰斯洛特爵士。凯侮辱了加雷斯，仍然觉得他地位低下，于是加雷斯在比武中把他击落马下。然后，他与兰斯洛特交手，两人难分高下，一直僵持着，随后他们分道扬镳。

接下来，加雷斯遇到了黑骑士，黑骑士向他发起挑战，但战败被杀。他的兄弟绿骑士试图报复，也被击败，加雷斯命令他去卡米洛特宣誓效忠亚瑟。后来他的兄弟蓝骑士和红骑士发起进攻，也落得类似下场。

最后，加雷斯抵达被红土地骑士围困的凶险城堡（Castle Perilous）。加雷斯向红土地骑士发起挑战，并取得了胜利，他答应只要红土地骑士归还从莱昂内斯夫人手中夺走的所有领土，并前往卡米洛特宣誓效忠亚瑟，就饶了红土地骑士。

莱昂内斯夫人举办了一场比武大会，加雷斯想隐姓埋名参加。此时他得到了一枚魔法戒指相助，这枚戒指改变了他的外貌。在比武大赛上，加雷斯击败了许多圆桌骑士，为自己赢得了名誉和荣耀。但他的身份最终暴露了，原来他是洛特王和莫高斯的儿子，因此是亚瑟王的亲属。加雷斯和他的兄弟高文正在比武，但当他们意识到对方的身份后，立刻停止了战斗。最终，加雷斯与莱昂内斯夫人结婚，并加入了圆桌骑士团。

特里斯坦爵士的故事

特里斯坦爵士［或称特里斯特拉姆（Tristram）］是康沃尔国王马克的侄子，精通许多技能，包括弹竖琴。他代表他叔叔的王国与爱尔兰国王的支持者马尔豪斯（Marhaus）进行角逐，并因此崭露头角。特里斯坦刺穿了马尔豪斯的头部，打败了他。马尔豪斯勉强活着回到了家，他的妹妹爱尔兰王后发誓要向特里斯坦复仇。

与此同时，由于马尔豪斯的长矛上抹了毒药，特里斯坦饱受毒药折磨，于是前去爱尔兰寻求解药。爱尔兰国王的女儿

上图：在某些版本的故事中，特里斯坦在为伊索尔德弹奏竖琴时，马克国王奸诈地在他背后刺了一刀，特里斯坦因此而死。马克国王在所有版本的故事中都是一个彻头彻尾的恶棍。

特里斯坦发现自己因为一名女子与马克国王不和。

伊索尔德［在其他版本的故事中是伊索尔特或伊索德（Isoud）］负责照顾他，他们两人相爱了。之后爱尔兰王后发现特里斯坦的剑尖少了一块，知道了特里斯坦的身份。剑尖的缺口恰好与那块从马尔豪斯爵士头骨上取下的碎片相吻合。

回到康沃尔后，特里斯坦发现自己因为一名女子与马克国王不和。她是一位贵族的妻子，两人都想和她发生婚外情，但都未成功。马克国王开始憎恨特里斯坦，并最终派他去爱尔兰，命令他把伊索尔德带回康沃尔。特里斯坦服从了命令，尽管

上图：特里斯坦和伊索尔德的悲剧浪漫故事最初并不是亚瑟王传说的一部分，尽管它对兰斯洛特－桂妮维亚的故事产生了强烈影响。当这一故事也被硬塞进来时，这就造成了冲突。

爱尔兰国王希望特里斯坦娶伊索尔德（他没有妻子那么憎恶特里斯坦），他还是同意女儿嫁给了康沃尔的马克。

伊索尔德和马克结婚后，她与帕洛米德斯爵士（Sir Palomides）发生了冲突，因为在特里斯坦来到康沃尔之前，帕洛米德斯爵士曾在爱尔兰向她求爱。她被特里斯坦救了出来，带回到了马克国王身边。特里斯坦与伊索尔德的通奸关系最终败露，致使马克攻击特里斯坦。在失去几名骑士后，马克同意和解。但和平只维持了一段时间，随后特里斯坦在与伊索尔德见面时被人发现，他被带到海边的一个小教堂里。后来他从悬崖跳入海中逃脱，但跳海时受了伤。

与此同时，伊索尔德受到了惩罚，她被送往一个麻风病人聚居地，特里斯坦将她救出，两人在森林里生活了一段时间，但最终马克国王趁特里斯坦不在时找到了伊索尔德，并把她带回了宫廷。特里斯坦被毒箭射中，需要救助，所以他去了布列塔尼的豪厄尔国王（King Howell in Brittany）的宫廷。豪厄尔国王的女儿，白手伊索尔德（Isolde of the White Hands）治愈了他的伤口。

值得注意的是，马洛礼并不介意在他的故事中使用相似甚至近乎相同的名字。例如，他笔下有许多名为伊莱恩的女士，在加雷斯的故事中，有一位红骑士和一位红土地的红骑士。在这个故事中，尽管两个伊索尔德都爱特里斯坦，但她们是截然不同的两个人。

不般配的婚姻

特里斯坦娶了白手伊索尔德，但他更爱另一个伊索尔德。他和佩利诺尔国王的儿子兰马洛克爵士（Sir Lamorak）一起冒险了一段时间。他们立下了诸多功绩，比如从一位巨人骑士手中拯救了一座岛的居民。他们还与正在追捕寻水兽的帕洛米德斯爵士狭路相逢。帕洛米德斯轻而易举地打败了两人，然后继续追捕寻水兽。

特里斯坦在一场角斗中击败了凯爵士和托尔爵士（Sir Tor）后，获得了加入圆桌的机会。因为凯和托尔说康沃尔骑士们的坏话，所以他发起了挑战，将他们赶下圆桌。但特里斯坦认为自己资格不够，于是拒绝加入圆桌，相反，他去了康沃尔，在那里他和伊索尔德重修旧好。特里斯坦的妻子白手伊索尔德的兄弟卡赫丁（Kahedin）陪同他一起来到康沃尔，卡赫丁也爱上了伊索尔德。特里斯坦发现了

特里斯坦被逐出马克国王的宫廷，去了卡米洛特。

右图：特里斯坦和帕洛米德斯通常互为敌人，但似乎彼此之间有一定程度的尊重。有时他们一起对抗共同的敌人；在其他情况下，他们极力试图互相残杀。

卡赫丁写给伊索尔德的一封信，并极其虚伪地指责这个与他通奸的女人对他和他妻子的兄弟都不忠。

特里斯坦悲痛欲绝、难以自已，精神错乱地跑进了森林。森林里有一座城堡，里面的人照顾着特里斯坦。他最终被带回马克的宫廷，并恢复了神智，但随后又遭到了放逐。特里斯坦去卡米洛特参加了一场比武大赛。他在比武中杀死了达拉斯爵士（Sir Darras）的三个儿子，于是跟帕洛米德斯爵士和迪纳丹爵士（Sir Dinadan）一起被监禁了。后来，特里斯坦生病，随后被释放，但条件是他要保护达拉斯爵士剩下的儿子。

摩根勒菲抓获特里斯坦时，特里斯坦刚获自由不久。摩根勒菲答应会释放他，但条件是，特里斯坦必须在即将到来的比武大会上使用她制作的盾牌。盾牌上有一个暗示兰斯洛特与王后通奸的装置，亚瑟王会在大赛上看到。特里斯坦照做了，亚瑟意识到了盾牌的含义后与特里斯坦对质，特里斯坦告诉他摩根勒菲才是幕后主使。

特里斯坦去寻找兰斯洛特，遇到了被九名骑士围困的帕洛米德斯。特里斯坦帮助了他曾经的敌人，他们约定以后再见面比武。特里斯坦骑马前往卡米洛特参加战斗，偶然遇到了兰斯洛特。他们打得不可开交，直到认出彼此才停手，于是两人一同骑马前行。特里斯坦再次受到邀请，成为圆桌骑士的一员，这次他欣然接受。

康沃尔国王马克听说特里斯坦的名气越来越大，决定杀了他。在去卡米洛特的路上，他遇到了很多圆桌骑士，并暴露了自己懦弱和不可信赖的本性。当马克国王最终到达卡米洛特时，他不得不放下对特里斯坦的敌意。之后马克和特里斯坦一起回到了康沃尔。

在康沃尔，特里斯坦捍卫王国免受入侵，可谓功不可没。不久后另一个敌人进攻，马克国王的兄弟鲍德温（Boudwin）率军作战，取得了胜利。马克嫉妒他兄弟赢得了名声，于是谋杀了他。鲍德温的家人，尤其是他的儿子阿利桑德（Alisander）成功逃脱，并计划进行复仇。

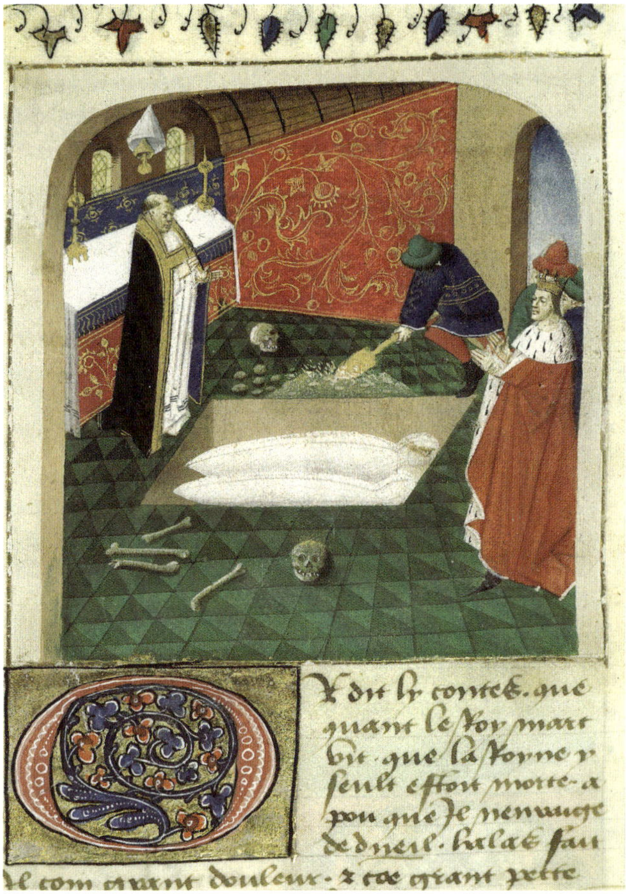

随后，马克国王意识到有人在比武大赛上密谋杀害兰斯洛特，于是派特里斯坦伪装成兰斯洛特去比武。尽管遭到了无数骑士的攻击，特里斯坦还是活了下来，并赢得了比赛，所以马克给他下了药，并把他囚禁在城堡里。在

左图：根据故事的不同版本，特里斯坦和伊索尔德以各种方式结束了他们的一生。图中描绘了他们在廷塔哲的葬礼，邪恶的康沃尔国王马克出席了葬礼。

两次逃离囚禁后，特里斯坦带着伊索尔德离开了康沃尔。

特里斯坦和伊索尔德参加了一场比武大赛，在大赛中，特里斯坦和帕洛米德斯交手了好几次。虽然他们曾经是敌人，两人也都爱着同一个女人，但他们确实相互尊重，并在此后一直相敬相杀。

马洛礼的《寻找圣杯》

马洛礼笔下的《寻找圣杯》与之前故事的版本大致相似。故事以加拉哈德抵达卡米洛特，并从石头中拔出剑来为开端。据马洛礼说，梅林在巴林爵士死后从他那里拿走剑并插入石头中。兰斯洛特经历了同样漫长的寻找圣杯之旅，但由于他自身的罪孽，最终无法完成寻找圣杯的任务。

同样，圣杯探寻的主要情节也大同小异——帕西瓦尔和鲍斯陪伴加拉哈德寻找圣杯并最终拿到圣杯。结局也别无二致，后来一些骑士回到了卡米洛特。兰斯洛特就是其中之一，尽管他尽了一切努力想要摆脱他的罪恶行径，但很快就故态复萌，他又继续与桂妮维亚通奸。

兰斯洛特的罪恶行径

兰斯洛特和桂妮维亚的婚外情再次上演，并在整个故事中延续了不忠造成危机的主题。亚瑟的诞生是另一个男人的妻子被魔法迷惑的结果，他与莫高斯的意外乱伦导致莫德雷德出生，莫德雷德最终杀了亚瑟。桂妮维亚与兰斯洛特的通奸导致亚瑟和圆桌骑士的最终垮台，尽管其他紧张局势也起了推波助澜的作用。

兰斯洛特和桂妮维亚开始对隐瞒他们的婚外情愈加不甚注意。虽然有些人出于礼貌，假装没有注意到发生了什么，但也有一些人饶有兴趣地看戏。其中包括莫德雷德和他的兄弟阿格拉文（Agravaine），他们对亚瑟以及与此事有关的人都没有好感。

兰斯洛特试图通过留下虚假线索来掩盖自己的不妥行为。他越来越多地寻求桂妮维亚以外的其他女性做伴，这激怒了桂妮维亚，于是桂妮维亚将他逐出了宫廷。沮丧之下，兰斯洛特成了一个隐士。与此同时，桂妮维亚为几位骑士举办了一场盛宴，皮内尔爵士（Sir Pinel）在宴会上试图用有毒的水果谋杀高文。这是为了报高文不久前杀害兰马洛克之仇，早在佩利诺尔国王（兰马洛克的父亲）杀死洛特国王之时就埋下了血仇的种子，这只是其中一环。很久以后，洛特的儿子高文和加赫里斯为了复仇杀死了佩利诺尔。

兰马洛克与洛特王的遗孀，即亚瑟同母异父的姐姐莫高斯有染，并被加赫里斯捉奸在床。加赫里斯一怒之下杀死了他的母亲，但还是让兰马洛克走了，因为他手无寸铁。高文、加赫里斯、阿格拉文和莫德雷德后来袭击了兰马洛克，所有人都参与了对兰马洛克的谋杀，但莫德雷德给了他致命一击。

桂妮维亚和兰斯洛特的通奸导致了亚瑟王的最终垮台。

高文没有吃下毒果，但帕特里斯爵士（Sir Patrise）吃了，并中毒而死。桂妮维亚被认为是这起事件的罪魁祸首，并因谋杀罪受审。他们决定进行一场司法决斗来判定桂妮维亚是否有罪，但没有人挺身而出来捍卫她——骑士们认为桂妮维亚试图杀死他们，因此并不打算为她辩护。兰斯洛特当然会捍卫她，但在桂妮维亚把他放逐后，他一直过着隐

左图：尽管兰斯洛特忏悔了自己的罪过，但他还是继续与桂妮维亚的婚外情，并变得越来越露骨。他后来试图隐瞒此事，这激怒了桂妮维亚。

士生活。

最终鲍斯同意捍卫桂妮维亚，但他偷偷地去找兰斯洛特，因为兰斯洛特能更好地保护桂妮维亚。兰斯洛特及时赶到决斗现场，与帕特里斯的亲属马多尔爵士（Sir Mador）对峙。如果兰斯洛特输了，桂妮维亚将会受火刑而死。最终兰斯洛特赢得了战斗，并受到了同伴们的欢迎。不久后，尼缪来到宫廷，解释说其实是皮内尔爵士给水果下了毒。自此，没有人再怀疑桂妮维亚了。

亚瑟离开卡米洛特去参加比武大会，兰斯洛特乔装打扮跟随他一同前往，因为他想在其他人不受自己名声所慑的情况下比武。他同意佩戴由比武大赛主办方的女儿伊莱恩提供的示爱信物。桂妮维亚发现了此事，大为恼怒。

右图：兰斯洛特被放逐出卡米洛特后，成了一名隐士。如果不是因为桂妮维亚被诬告谋杀帕特里斯爵士的话，他可能会一直过着隐士生活。

兰斯洛特击败了许多骑士，尽管他在此过程中也受了伤。伊莱恩请求兰斯洛特娶她或把她当作情人，但兰斯洛特拒绝了，在兰斯洛特回到卡米洛特后不久，伊莱恩积郁而死。这里值得注意的是，这个伊莱恩和圣杯王的女儿不是同一个人。尽管如此，她的尸体还是被安置在一艘送葬驳船上漂到了卡米洛特，她手里拿着一封信，概述了她的悲惨死亡。

桂妮维亚很高兴兰斯洛特拒绝了伊莱恩，两人的婚外情得以继续。在圣诞节的一场比武中，桂妮维亚让兰斯洛特戴上一个象征她对他青睐有加的信物，兰斯洛特照做了。他乔装作战，但因其战绩可观，吸引了人们的注意。就连亚瑟也参加了这场比武。

兰斯洛特爵士和马车

马洛礼把"马车骑士"这一插曲放在了故事的这一点上。桂妮维亚在庆祝五月到来时被梅利甘斯（Meliagrance，或梅里根特）抓获，随后的事件与故事的早期版本相似，但略有不同。兰斯洛特的马在一次伏击中被杀，之后他坐着战车来到了梅利甘斯所在地，而不是坐着之前故事中的马车。桂妮维亚被指控与护送她的一名受伤骑士通奸，而不是与凯爵士通奸，兰斯洛特遭到欺骗掉入活板门陷阱，随后被关在山洞里而不是塔里。

如果捍卫桂妮维亚的骑士落败，或者根本没有人出面捍卫她，则证实了她通奸的指控，桂妮维亚将被判处火刑。兰斯洛特设法及时逃脱，为桂妮维亚而战，即使一只手被绑在背后，他依旧打败了梅利甘斯。这件事发生后，事情的发展和早期版本就没什么两样了。

莫德雷德和阿格拉文威胁要向亚瑟揭发桂妮维亚和兰斯洛特的婚外情。尽管高文警告他们，这会导致圆桌骑士出现分歧，阿格拉文还是告诉了亚瑟。亚瑟同意兰斯洛特和阿格拉文进行一次格斗审判来评判指控是否属实。他们还说服亚瑟，如果指控是正确的，就同意用诡计诱捕兰斯洛特。

亚瑟宣布他要外出打猎一两天，会在当晚出发。果然，兰斯洛特没有跟随去打猎。鲍斯警告兰斯洛特，当晚去找桂妮维亚极不明智，但他还是去了，并被莫德雷德随同十几名骑士堵在了桂妮维亚的卧室里。兰斯洛特杀死了其中一人，并拿走了

上图：在亚瑟王的传说中，把死人放在一艘船上，并附上纸张概述其死亡情况的做法出现了不止一次。在这个故事中，当兰斯洛特拒绝成为伊莱恩的情人后，伊莱恩因悲伤而死。

他的盔甲，要求在比赛场上进行公平战斗，但遭到了拒绝，于是兰斯洛特从卧室里出来攻击其他敌人，杀死了阿格拉文和除莫德雷德以外的其他所有人。

正如高文所担心的那样，圆桌骑士出现了分歧。兰斯洛特得到了包括鲍斯在内的朋友们的支持，也得到了特里斯坦和兰马洛克的朋友们的支持，这些人对那些现在反对兰斯洛特的人怀恨在心。莫德雷德去找亚瑟，告诉他发生的事情，亚瑟认为兰斯洛特与桂妮维亚通奸的指控已坐实。高文则试图说服亚瑟这是一个误会，兰斯洛特是桂妮维亚和亚瑟的好朋友，也许有充分理由在晚上照顾她。

亚瑟判处桂妮维亚火刑，并命令高文将她送上刑场。高文拒绝了，但他的兄弟加雷斯和加赫里斯去了。他们没有穿盔甲，表明他们没有与其他圆桌骑士作战的意愿。尽管如此，兰斯洛特还是杀死了他们和其他人，试图营救桂妮维亚。他把桂妮维亚带到自己的城堡"欢喜地"，并加强了防御。其他亚瑟反对者很快也加入他的行列。

亚瑟围困了"欢喜地"15周之久，在此期间兰斯洛特不愿与他作战。最后，他们开始商议要回归和平，但高文想为他的亲属复仇，无奈之下，兰斯洛特进行了战斗。即使如此，他也不会攻击亚瑟，而是在亚瑟被击落马下时保卫他。

左图：阿格拉文是圆桌骑士的一员，但即便在最好的情况下，他依旧是个令人讨厌的家伙。他与亲属莫德雷德串通一气，策划了阴谋，企图使兰斯洛特垮台，并最终导致圆桌骑士之间四分五裂。

兰斯洛特不会攻击亚瑟，甚至在亚瑟被击落马下时保卫他。

教皇传话说希望战斗停止，亚瑟和兰斯洛特都欣然同意。但高文再次挑起了争端。亚瑟将兰斯洛特驱逐出英格兰，高文同意了，因为他可以在国外与兰斯洛特交战，而不必服从亚瑟的命令。兰斯洛特带着鲍斯和其他支持者回到了他的故土法兰西。

亚瑟率领军队跟随兰斯洛特前往法兰西，但同意了和平谈判。高文再一次阻止了和平休战。高文围困了兰斯洛特的城堡数月，每天都发出挑战，直到兰斯洛特最终同意与他作战。高文承天之佑，能使他一天中的某些时候获得额外力量，所以兰斯洛特在击败高文之前必须经受住他的猛烈攻击。兰斯洛特放过了他的敌人，所以高文痊愈后，他们不得不再次战斗。高文再次被击败，他休息调整后，又为下一场战斗做好了准备。

右图：兰斯洛特营救了桂妮维亚，杀死了押送她到火刑柱的骑士，这让圆桌骑士四分五裂，也使他成为高文的死敌。该场景为悲剧的最后一幕奠定了基础。

亚瑟之死

亚瑟王在法兰西战斗时，他的侄子莫德雷德被留下来代替他进行统治。然而，莫德雷德宣布亚瑟在战斗中阵亡，并自己加冕为王，打算迎娶桂妮维亚。桂妮维亚设法从他身边逃到了伦敦塔，然后遭到了围困。与此同时，莫德雷德向多佛（Dover）进军，试图阻止亚瑟的军队登陆。

尽管高文旧伤复发，在与兰斯洛特战斗中所受的伤又重新裂开，演变成了致命重伤，莫德雷德的防守还是失败了。高文临死前写信给兰斯洛特，请求他来帮助亚瑟。高文被安葬在多佛，而亚瑟则继续与莫德雷德作战。即使屡战屡败，莫德雷德也从那些憎恨亚瑟或支持兰斯洛特的人那里获得了额外支持。

莫德雷德准备在索尔兹伯里（Salisbury）重新开战，高文托梦警告亚瑟，如果战斗打响，他会死。亚瑟决定寻求休战。双方都同意了，于是亚瑟带着几个护卫与莫德雷德会面，为休战举行隆重仪式。其中一名护卫骑士看到一条蝰蛇，于是拔出剑来斩杀它，然而一场战斗因此爆发。随后升级为一场全面战斗，双方损失惨重。

左图：这是一幅桂妮维亚被莫德雷德军队围困的插图。攻击者使用投石机削弱防御，同时双方都用弩相互射击。攻城战不属于英雄骑士传奇的一部分。

上图：在亚瑟的要求下，贝德维尔爵士不情愿地把断钢圣剑还给了湖中仙女。这与古代萨尔马提亚的传统相呼应，即王子死后应将其剑扔进海里。

圆桌骑士中只剩下贝德维尔（Bedivere）和卢坎（Lucan）两人，亚瑟向莫德雷德发起最后一次冲锋，

亚瑟王的故事有其自身优点，没有必要假装这是历史。

并将其杀死，但在此过程中他也受了致命伤。贝德维尔和卢坎将他带到一个小教堂，但随后卢坎就因伤势过重而死于此地。亚瑟知道自己快死了，就让贝德维尔把断钢圣剑扔到附近的湖里，但贝德维尔并不情愿。他撒谎称自己已经把剑扔了，但亚瑟识破了他的谎言，又两次命令他去扔剑，直到他最终按照吩咐扔掉了剑。一只女人的手从湖中伸出，把断钢圣剑带回了湖中仙女身边。四个女人，其中包括湖中仙女乘船而来，要把亚瑟的尸体带走。摩根勒菲也是其中之一，她此时已经与亚瑟和解了。

兰斯洛特赶来帮助亚瑟，但为时已晚。他探望了刚进修道院的桂妮维亚，桂妮维亚表示自己不想在有生之年再见到他。兰斯洛特成了一个圣徒，贝德维尔也是。几年后，当他听说桂妮维亚去世时，他便动身去找她。事实上，在兰斯洛特到达之前，桂妮维亚还活着。之后，兰斯洛特把桂妮维亚的尸体埋在亚瑟旁边，不久他也死了。与莫德雷德大战后，只有寥寥几位之前的圆桌骑士还活着，但他们的时代已经结束。康沃尔的卡多尔的儿子君士坦丁成为日益衰落的英格兰的国王。

马洛礼的故事既是一个悲剧，也是一个伟大的故事，故事起源于一片混乱，又在圆桌骑士四分五裂后再次倒退回混乱中。曾使圆桌骑士们引人注目的价值观最终被遗忘，但在人们遵循骑士精神、保持虔诚和崇尚荣誉的那些年里，亚瑟王及其骑士团是不可战胜的。即使斯人已逝，传奇依旧流芳，那是黑暗深处的光明一刻。

蒙茅斯的杰弗里的版本是一部试图为事件确定日期的伪历史，即使充满了时代错误，而马洛礼的故事并没有假装符合历史事实。故事发生在亚瑟王统治时期，是现在之前的某个完全虚构的时代。故事其实并不需要更多历史细节。

第六章
今天的亚瑟王传奇

16 世纪前，蒙茅斯的杰弗里的著作一直被世人公认为是一部严肃且相当准确的不列颠历史。除了误导历史学家外，这也使它成为冒险故事传奇的理想基础。

左图：2004 年的电影《亚瑟王》（King Arthur）讲述了"神话背后的真实故事"。虽然故事基于一位可能的"真正的亚瑟王"改编，但说得好听点，其历史基础依旧站不住脚。

然而，人们对亚瑟王神话的兴趣逐渐减弱，不列颠的传奇历史也淡出了历史舞台，这并非巧合。马洛礼的作品一直再版到 1634 年，但多年来，很少有新故事再融入亚瑟王神话中。虽然亚瑟王故事没有被遗忘，但直到 19 世纪初，人们才又开始对不列颠题材产生浓厚兴趣。出现这种情况的原因有很多，而事实很可能是所有这些因素共同作用的结果。启蒙时代取代了文艺复兴，从那时起，欧洲通过日益工业化的发展，进入了一个科学和技术引导社会思潮的时代，并创造了足够多的奇迹来激励人们的精神。

然而，不可避免地，人们开始摆脱对物质世界的痴迷，随之而来的是重燃对中世纪和古典时代的兴趣，或者更准确地说，是重燃对浪漫化版本的中世纪和古典时代的兴趣。与此同时，现代意义上的国家概念开始在欧洲各地盛行。

工业时代的英雄

在一个国家开始崛起的世界里，不列颠会问自己是谁，源自何处，这并不奇怪。当然，虽然亚瑟王的故事几乎完全是虚构的，却是一个引人入胜的故事。不列颠在亚瑟王的统治下实现了统一，不列颠的英雄们崇尚友谊、勇气和荣誉的宝贵价值观，引发了读者的共鸣。

大约从 1750 年开始的工业时代是一个充满机遇的时代，在这个时代，人们可以通过工业或商业手段致富，并寻求加入社会精英行列。新贵族们没有传统，也没有作为精英成员的归属感，经常受到来自旧贵族的冷落。因此，有助于创造身份认同感的故事和传说可能会产生极大影

右图：与骑士的武器相比，轻剑是一种非常不同的武器，但剑的神秘感仍然存在。即使在今天，竞技击剑手可能仍会对古代有骑士风度的剑士产生一种亲切感。

上图：虽然武器大相径庭，但对争端的明确声明和决斗的礼节都与亚瑟王时代的骑士决斗大同小异。礼仪和体面的行为使决斗不再仅仅局限于企图相互谋杀。

响力。

　　人们期望年轻人能展示的技能之一是击剑。虽然优雅的轻剑表演与骑士之间剑与盾的冲突相去甚远，但参加击剑训练的年轻人可能会发现击剑与骑士或乡绅的故事有相似之处。

　　决斗的习俗——尽管通常使用手枪而不是剑——在这个时代也很盛行。就像亚瑟的骑士们在比武大赛或决斗中证明自己的实力一样，社会上的年轻人可能会发现自己受社会习俗所迫，在仪式化决斗中与其他竞争对手对抗。正是高贵而光荣的战斗的外衣，才使决斗超越了单纯的刀剑相搏，不难看出，两者之间的联系可以追溯到亚瑟王的骑士团的浪漫遭遇。

　　在这个时代，社会地位和恰当行为也至关重要。中世纪的骑士可能会因为别人认为他缺乏荣誉而毁掉人生，工业时代的绅士如果名誉受损，也会蒙受耻辱和经济灾难。虽然这些绅士经常腐败放荡到令人难以置信，但他们和所有亚瑟王时代的骑士一样在意别人对他们的看法。在马洛礼笔下，有时一位骑士宁死也不愿蒙受投降的耻辱，要把自己的好名声带进坟墓。后来的绅士也是如此，为了保全自己的名誉，他也许愿意铤而走险，或者进行一场决斗。

中世纪的骑士如果被人认为缺乏荣誉，那他的人生就毁了。

因此，18 或 19 世纪的绅士社会与传说中的贵族社会有许多共同之处。亚瑟王的骑士团的价值观与 1750 年社会对绅士的期望也没有太大区别，而男人凭借功绩和成就在圆桌上赢得一席之地的想法也可能被视为一种隐喻，即在这个社会基本成形又日新月异的时代中寻得一席之地。

在 18 世纪末，随着法国大革命的势头蔓延到其他国家，一个关于强大的国王和忠诚的骑士的故事变得极具吸引力，至少对社会的富裕阶层是如此。几年后，拿破仑军队的入侵成为现实，曾与撒克逊侵略者作战的国王再次成为焦点。当然，人人都喜欢好故事。撇开所有与政治和社会事件的比较不谈，《亚瑟王之死》也从中受益。

亚瑟王的复兴

马洛礼的《亚瑟王之死》于 1816 年再版，距离上一版已经过去了近两个世纪。这种惊人的复兴几乎没有任何一本书能与之媲美。紧随其后的是新的关于亚瑟王的作品，如阿尔弗雷德·丁尼生勋爵（Alfred, Lord Tennyson）的作品。1832 年，他出版了《夏洛特姑娘》（*The Lady of Shalott*），后来又出了修订版。在 1859 年到 1885 年期间，丁尼生将马洛礼的故事改写成诗歌，出版了《国王叙事诗》（*Idylls of the King*）。正如马洛礼对亚瑟王时代的看法受到了当时正在进行的玫瑰战争的影响一样，《国王

左图：阿尔弗雷德·丁尼生主要以《轻骑兵的冲锋》（*Charge of the Light Brigade*）等诗而闻名，他也出版了亚瑟王的故事和诗歌。这些都是丁尼生对其所处时代的重新构想。

上图：理查德 · 瓦格纳（Richard Wagner）的许多作品都是根据日耳曼史诗改编的。《罗恩格林》（*Lohrengrin*）是他的第一部亚瑟王歌剧，其借鉴了寻找圣杯的故事。

叙事诗》也受到了作者创作时代的影响。

　　华兹华斯（Wordsworth）也写过有关亚瑟王的诗歌，比如《睡莲传奇》[*Romance of the Water-Lily*，又名《埃及女仆》（*The Egyptian Maid*）]，这些作品让公众重新开始关注亚瑟王的故事。与此同时，亚瑟王的传说也引起了理查德·瓦格纳的注意，他根据日耳曼和北欧的传说创作了歌剧，比如《尼伯龙根之歌》（*Nibelungenlied*）。

右图：普赛尔（Purcell）的《亚瑟王》（*King Arthur*）是已知最早的基于亚瑟王传说改编的音乐剧。它主要改编自蒙茅斯的杰弗里版本的故事，而不是马洛礼版本的故事。

上图：1967 年的电影《卡米洛特》是 1960 年舞台剧的电影版本。

在瓦格纳创作著名的《尼伯龙根的指环》（ *Der Ring des Nibelungen* ）之前，他创作了《罗恩格林》，这是一部改编自帕西瓦尔－圣杯故事的歌剧，也是一部以同名英雄帕西瓦尔的儿子为主角的续集。瓦格纳在完成他著名的指环系列（Ring Cycle）之前，就在创作歌剧《特里斯坦和伊索尔德》（ *Tristan und Isolde* ）了，后者是基于亚瑟王的悲剧故事改编的。瓦格纳的绝笔之作歌剧《帕西法尔》（ *Parsifal* ）于 1882 年首演。这部歌剧以 1200 年左右德国诗人所写的帕西瓦尔和圣杯的故事为基础。

瓦格纳的作品象征着人们对日耳曼／北欧文化兴趣的复燃，其中包括日耳曼异教的新版本，以及其他对中世纪或更早概念的现代诠释。这是通过文化运动实现的，比如浪漫主义文化运动，这本身就是对启蒙时代思想日益沉闷的反应。到 19 世纪末，浪漫主义的流行趋势逐步衰弱，但尽管如此，瓦格纳的作品还是进入了流行文化中，确保了至少有一些亚瑟王故事能够继续以新的形式流传下去。

19 世纪后期出现了其他的歌剧处理方式，尽管在 20 世纪头十年之后，人们的兴趣似乎有所减弱。此后偶尔会有亚瑟王相关的歌剧出现，但并不多，即使戏剧作品和音乐剧作品层出不穷。

最早的亚瑟戏剧之一是 1961 年亨利·普赛尔（Henry Purcell）的《亚瑟王》（*King Arthur*）。这是一部半歌剧，有些演员唱歌，但大多数主要演员都讲台词。其他剧目中也有埃尔加（Elgar）和布里顿（Britten）等作曲家的音乐。

1960 年的音乐剧《卡米洛特》（*Camelot*）后来被拍成电影，并得到了美国总统约翰·F.肯尼迪（John F. Kennedy）的青睐，肯尼迪的总统任期有时又被称为"卡米洛特"。其本意可能是指一个拥有强大领导力的黄金时代，有权有势的人围绕着一位有魅力的领导人，但它也意味着人际关系破裂和内部紧张局势造成的破坏。

有关亚瑟的剧目继续不时出现。事实上，亚瑟王的故事已经不仅是一种背景设定，而是几乎成为一个独立流派。这适用于电影、书籍和其他媒介，当然，也包括戏剧。

纳粹与圣杯

20 世纪初是一个动荡不安的时代。在这一时代，不列颠与德国关系紧张并最终与其开战，这时一位英勇的不列颠国王与日耳曼（撒克逊）侵略者作战的故事会更引人入胜，而在一战结束后，英勇的不列颠人传说至少在一定程度上仍广受欢迎。

第一次世界大战结束后，德国的混乱局面使得各种极端主义政治团体得以攫取权力，纳粹政权由此诞生。很多人认为纳粹是被某种黑暗的超自然力量驱使的。这种想法或许能让人感到安慰，因为它使我们相信，正常人不可能如此邪恶。然而，关于这个主题的大多数文章都是推测的，或者缺乏确凿证据。现实却更为残酷，纳粹是邪恶的代表，他们不需要超自然力量来协助或敦促他们作恶。

然而，一些纳粹领导人确实对神秘之事和超自然现象感兴趣，而这些并不是他们研究的唯一非主流领域。"纳粹超级科学"几乎已成为某些类型的小说和电子游戏中的一种隐喻，当然，纳粹愿意在一些——说得好听点——看上去不够理性的领域尝试。在世人看来，他们尝试的许多科学项目是极端的空想研究，有些甚至远不止如此。

同样，纳粹也对获取宗教、神秘现象和历史事物感兴趣。他们有的人很可能认为，古老圣物可能会赋予人类超自然力量，但其他人也许更关心这些物品的代表意义。纳粹虽然疯狂又邪恶，但他们明白符号学的力量。

因此，他们攫取古代凯尔特人和北欧人的宗教物品，可能并不一定要使用它们来召唤超凡力量，他们可能很满足于拥有古代凯尔特大锅或巴约挂毯等物品的宣传或文化价值。纳粹当时正在推动日耳曼复兴，其中包括对古老的日耳曼典故、很久以前的珍宝和其他文化符号的兴趣。他们找到的任何物品都会加强这场文化运动。

纳粹德国祖先遗产学会（Ahnenerbe Institute）的成立是为了寻找证据，证明纳粹认为雅利安人更为优越的想法是正确的。为此，这一组织在德国和其他地方进行了人类学、考古学和历史研究。许多远征考察的目的都有记录——尽管可能会隐藏目的——但其他远征考察的目的不明。至少其中一些研究考察是为了寻找诸如命运之矛（Spear of Destiny）、约柜（Ark of the Covenant）和圣杯本身等圣物，这并非不可能。至于这些物品的用途是什么，这是一个值得猜测的问题。

远征考察队前往像南极洲这样偏远的地区，且通常有看似合理的理由（考虑到派他们去的人物）。有些研究考察具有一般或特定的科学性质，有些则是为了寻找资源。因为希特勒的科学家们试图证明，世界一直被高加索人，尤其是北欧人后裔主宰，所以人类学研究是重中之重。

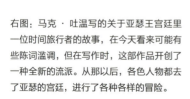

右图：马克·吐温写的关于亚瑟王宫廷里一位时间旅行者的故事，在今天看来可能有些陈词滥调，但在写作时，这部作品开创了一种全新的流派。从那以后，各色人物都去了亚瑟的宫廷，进行了各种各样的冒险。

虽然几乎没有确凿证据，但长久以来仍有一种说法，即其中一些远征考察是为了寻找宗教文物，而不仅仅是出于文化目的。通过《夺宝奇兵 3：圣战奇兵》（*Indiana Jones and the Last Crusade*）等电影，这一想法已经进入了大众意识。这部电影讲述了纳粹寻找圣杯的远征。

纳粹寻求圣杯的想法并不比二战前夕的其他想法更奇怪。然而，纳粹对神秘事物的痴迷似乎被过度夸大了，任何寻找圣杯或其他宗教文物的企图，部分是因为纳粹普遍痴迷于攫取最好和最有名的东西。然而，令人好奇的是，纳粹对圣杯的兴趣在多大程度上受到了亚瑟王传说的影响或激发。

小说的新方向

与此同时，亚瑟王传奇甚至已经跻身新兴科幻小说流派。《康州美国佬大闹亚瑟王朝》的作者马克·吐温虽然与科幻小说没有太大的联系，但对于一个现代人（马克·吐温时代的人）穿越回亚瑟王时代的故事来说，真的没有其他术语可以恰当形容。

相比之下，赫伯特·乔治·威尔斯（H.G. Wells）的《时间机器》（*The Time Machine*）出版于 1895 年，尽管他早期写的《顽固的亚尔古英雄》（*The Chronic Argonauts*）讲述了类似概念，于 1888 年出版。吐温的故事发表于 1889 年，他笔下穿越时空的美国佬的故事背景发生在亚瑟王时代是合适的，因为读者至少对此是比较熟悉的。有了梅林这样现成的人物，吐温就不需要花过多精力来塑造和解释他们的背景。

吐温笔下的主人公利用自己对火药等现代技术的知识，给中世纪的居民留下了深刻印象，并一举成名。当事态发展对他不利时，他率领一支配备加特林机枪的小部队对抗中世纪骑士的强大力量，大举屠杀骑士。吐温的故事旨在反驳或讽刺将中世纪浪漫化的倾向。亚瑟王的传说为这种努力提供了理想目标。

关于某个人被安置在一个不属于他的时代的概念已经反复出现，从宇航员到伪装机器人，一切都带回了亚瑟王时代。这个故事的其他变体也影射了原著，但没有试图与原著故事或人物相契合。其中包括 1992 年的电影《鬼玩人 3：魔界英豪》（*Evil Dead III: Army of Darkness*），在这部电影中，穿越时空的英雄帮助亚瑟王击

从宇航员到伪装机器人，一切都被带回了亚瑟王时代。

败了一支不死军团。

亚瑟王的故事启发了许多小说。有些是对亚瑟王故事的直接复述，但是通常会加入一些新元素或从不同的视角切入。特伦斯·韩伯瑞·怀特（T.H. White）创作的《永恒之王》（*The Once and Future King*）讲述了梅林经历时间倒流的故事。他的先见之明不过是对过去事件的记忆。罗斯玛丽·萨克利夫（Rosemary Sutcliff）笔下关于亚瑟王的小说与她的《迷踪：第九鹰团》（*Eagle of the Ninth*）密切相关，将亚瑟王与罗马时代的事件联系起来。

玛丽昂·齐默·布拉德利（Marion Zimmer Bradley）的《阿瓦隆的迷雾》（*The Mists of Avalon*）从主要女性角色的视角讲述了这个故事，这些角色在最初的故事中很少受到关注，而玛丽·斯图尔特（Mary Stewart）的梅林三部曲（Merlin trilogy）则是从梅林的角度讲述的，但随后的续集主角是莫德雷德。

有些小说介于历史小说和幻想小说之间。大卫·德雷克（David Drake）、大卫·盖梅尔（David Gemmell）和伯纳德·康威尔（Bernard Cornwell）都写过关于亚瑟王的伪历史故事，重点讲述他的斗争与战役。亚瑟王传奇的伪历史版本往往设定在公元 400—600 年，也就是亚瑟王应该生活的时代，因此摒弃了中世纪的技术和社会习俗，以更真实的方式描绘黑暗时代。当然也有例外，但大多数试图将亚瑟描

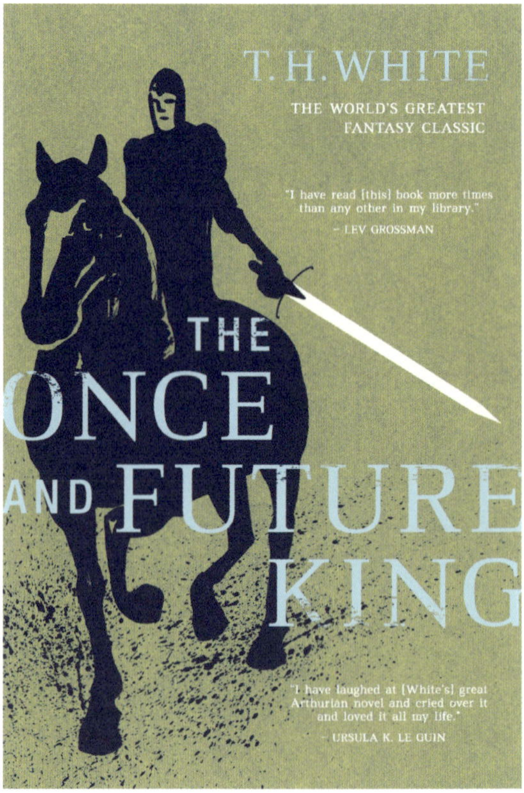

T.H. WHITE

THE WORLD'S GREATEST FANTASY CLASSIC

"I have read [this] book more times than any other in my library."
— LEV GROSSMAN

THE ONCE AND FUTURE KING

"I have laughed at [White's] great Arthurian novel and cried over it and loved it all my life."
— URSULA K. LE GUIN

右图：小说给了作者更多的空间来探索新概念和塑造人物。在《永恒之王》中，梅林经历了时间的倒流，并能记住未来。

绘成历史人物的作品都是以这个时代为背景的。

亚瑟王的故事还有一些更激进的改编，涉及亚瑟王传说中的人物在现代世界中转世，或者亚瑟从阿瓦隆长眠中醒来。在彼得·大卫（Peter David）的《骑士人生》（*Knight Life*）一书中，亚瑟及时醒来，从中央公园的湖中仙女手中接过断钢圣剑，准备竞选现代纽约市市长。

其他的故事只是间接提到亚瑟王的故事或顺便提到。儿童小说《布里辛格曼的怪石》（*The Weirdstone of Brisingamen*）取材于北欧和凯尔特神话，讲述了一个巫师守护着熟睡国王及其骑士的故事。变化三部曲（Changes trilogy）中最著名的是《天气预报员》（*The Weathermonger*），故事发生在未来，人们害怕科技，在梅林的影响下回到了中世纪的生活方式。

漫画人物

亚瑟王传说中的人物在漫画书和漫画小说中也有很大影响力。漫威漫画公司以亚瑟王的宫廷为背景，出版了一系列讲述变异英雄穿越时空的漫画，而DC漫画公司也制作了一系列与亚瑟王及其同伴相关的漫画。亚瑟王故事的一些漫画版本与原始故事大相径庭，其中一个版本背景设定在公元 3000 年，讲述了转世的圆桌骑士团与外星人战斗的故事。事实证明，断钢圣剑能够切割任何东西，包括原子，从而导致原子爆炸。

20 世纪早期的电影

当然，有很多电影要么讲述了部分或全部的亚瑟王的故事，要么至少借鉴了亚瑟王的故事。最早的一部电影改编自瓦格纳的歌剧《帕西法尔》，于 1904 年在影院上映。随后出现大量电影改编，其中有些改编自现有的故事，有些则是发生在熟悉人物角色身上的新故事。

　　兰斯洛特和桂妮维亚的故事似乎对电影制作人特别有吸引力。有的电影，比如1963年的《铁甲骑兵团》（*Lancelot and Guinevere*），专门讲述这两个角色。而其他影片，比如1953年的《圆桌武士》（*Knights of the Round Table*），则根据马洛礼的作品讲述了一个更宏大的故事，但不可避免地倾向于把兰斯洛特和桂妮维亚当作主要人物。

　　有的亚瑟王电影是以极低的预算或业余的方式制作的，重复使用普通的"骑士电影"道具或其他电影中的特殊道具。有的电影实际上再次使用了其他电影的片段。虽然在亚瑟王的故事影视化这方面有一些值得称道的努力，但质量低下的亚瑟王电影频频出现，这很可能是1975年制作《巨蟒与圣杯》（*Monty Python and the Holy Grail*）的一个因素。毕竟，只有在嘲弄熟悉的东西时，恶搞才有趣。

　　除了彻头彻尾的恶搞之外，亚瑟王题材的电影还衍生出了一些不同寻常或奇奇怪怪的改编作品。1978年的《高卢人帕西法尔》（*Perceval le Gallois*）讲述了克雷蒂安·德·特鲁瓦原始的圣杯传说，它将原著中的元素与精心设计的基本戏剧元素相结合。1982年的《帕西法尔》（*Parsifal*）是对瓦格纳歌剧的影视化，间接提到纳粹对瓦格纳作品的兴趣，基本上是将传奇故事纳入了表演。

　　还有以亚瑟王人物为主角的连续剧。在20世纪40年代和50年代，虽然科幻片也很流行，但大多数连续剧都是西部片。时代连续剧并不常见，或者用"幻想连续剧"这个词可能更适合。尽管如此，《加拉哈德骑士历险记》（*Adventures of Sir Galahad*）从1949年开始在电影院上映，电视剧《兰斯洛特骑士历险记》（*Adventures of Sir Lancelot*）也于1956年在电视上播出。

右图：1963年的《铁甲骑兵团》是众多探索或围绕兰斯洛特、桂妮维亚和亚瑟三角恋展开的电影之一。这似乎是有史以来最经久不衰的故事之一。

游戏、动画和音乐

亚瑟王神话为游戏提供了丰富的背景以及现成的角色。在某些情况下，这是一个简单的捷径——不需要过多解释就可以认定骑士角色为兰斯洛特，或者认定巫师为梅林。有的游戏围绕着亚瑟王故事中的角色展开，游戏风格各异，有的是复杂的策略型，有的是格斗型，角色在滚动的地图上斩杀不断冲上来的系统设定的敌军。亚瑟王及其骑士团还出现在多人在线游戏中，但游戏呈现的方式往往表明，人们对此几乎没有做过什么研究。通常，出现在这类游戏中的亚瑟王时期的人物角色相当普遍地代表了流行的骑士概念，有时还会有相当奇怪的怪癖和改动。然而，也许迄今为止最奇怪的重塑是刺猬索尼克（Sonic the Hedgehog）为拯救卡米洛特而战斗，并成为国王。

角色扮演游戏《潘德拉贡》（Pendragon）对亚瑟王神话的处理更为尊重其来源。这款游戏构建了一个试图使亚瑟故事的许多版本合理化的世界，玩家在里面扮演骑士的角色。其中一种方法是给游戏设定不同阶段，所以游戏可能设置在亚瑟早期统治时期，与寻找圣杯期间的场景有不同的感觉。随着游戏时间线的推进，也会引进新技术。

《潘德拉贡》游戏的一个关键元素是通过配对和特征分级来刻画角色个性。因此，极其慷慨的骑士会较为轻松地通过挑战，抵住贪婪的诱惑；相较于英勇无畏之人，在局势一落千丈时，性格懦弱者，则不太可能奋起迎敌。

这些特征与角色的爱、恨与激情（如忠诚、荣誉或对某个特定

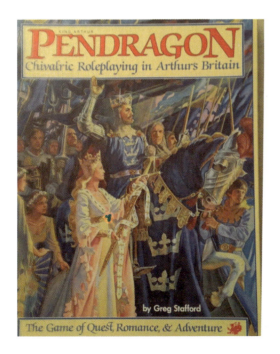

左图：角色扮演游戏《潘德拉贡》将故事的多个版本整合成一条时间轴，此举值得称赞，但游戏仍然反映了亚瑟王神话的不同方面。

对亚瑟王故事中人物的处理往往表明创作者缺乏研究。

人物的爱）相结合，也表明骑士有可能受到激励去干一番大事。这些游戏机制在允许玩家创造自己的亚瑟王冒险方面做得非常好。

除了电子游戏和桌面游戏，亚瑟王的故事还以各种动画形式呈现。其中最著名的是 1963 年迪士尼动画片《石中剑》（*The Sword in the Stone*），该片改编自 1938 年的一部小说，是《永恒之王》系列的一部分。在更怪诞的动画诠释中，讲述了亚瑟王和骑士团被俘虏时，梅林从未来"借用"了一支美国足球队的故事。

《瓦利安特王子传奇》（*The Legend of Prince Valiant*）则更为主流，讲述了年轻乡绅经过训练成为圆桌骑士后的冒险经历。它源自 1937 年首次出版的同名连环漫画，同样也开发成了一款电子游戏。

音乐中的亚瑟王元素

除了歌剧和音乐剧中使用的音乐作品外，亚瑟王传说还激发了许多音乐创作。这些作品中有许多是硬摇滚乐或重金属摇滚乐，歌曲通常与亚瑟王传说中的事件有关，或暗指这些事件。乐队和专辑的名字也受到了亚瑟王神话的启发，如乐队罗西音乐（Roxy Music）的专辑《阿瓦隆》（*Avalon*）和瑞克·威克曼（Rick Wakeman）的专辑《亚瑟王和圆桌骑士的神话和传说》（*The Myths and Legends of King Arthur and the Knights of the Round Table*）。这些有关亚瑟的音乐中所涉及的实际知识量可能会有很大差异，但也有一些摇滚歌曲包含非常有用的原始传说概要。

右图：瑞克·威克曼的音乐《亚瑟王》是受亚瑟王神话影响的现代音乐的代表作之一。

上图：电视剧《卡米洛特》得益于现代制作理念和预算。这类节目的呈现方式很像"真实"的历史剧，不需要像许多早期作品那样回收旧道具和服装。

后来的电影和电视改编

现在已经有很多关于亚瑟王以及相关主题的纪录片，这充分说明了亚瑟王的故事的影响力，人们曾多次试图"呈现真正的亚瑟王"。这种尝试似乎永远不会停止，只要亚瑟王的故事能引发公众兴趣，总会有新的启示或理论出现。

同样，尽管每次的处理方式都有所不同，但电视剧改编版也不断回归同样的概念。1998 年的《梅林》（*Merlin*）系列与 2008 年的版本相去甚远，2008 年的版本围绕着年轻的亚瑟和梅林的关系，以及传说中其他角色的青年时期展开。

一些电视剧改编自文学作品，比如电视版《阿瓦隆的迷雾》，原著作者为玛丽昂·齐默·布拉德利。其他电视剧，如《卡米洛特》，与其说是幻想故事，倒不如说是历史剧，而且这些电视剧遵循类似于古罗马或英格兰亨利八世宫廷戏剧的风格。鉴于历史剧的性质，像《卡米洛特》这样的剧有时甚至比那些声称刻画真实生活的剧有着更牢固的历史事实根基。

今天，大多数人都是通过电影接触到亚瑟王的故事的，而且与其他类型的电影

一部与亚瑟王故事完全无关的电影可以将一个物件标上"梅林创造",而无须进一步解释。

一样,这个故事足够引人注目,所以不断有新版本涌现。有些版本具有历史性,有些是亚瑟王的故事的重述(马洛礼所写的故事),有些则侧重于从亚瑟神话中提取元素,但实际上情节与之无关。

举个例子,有几部电影讲述了梅林教的巫师或梅林拥有的物品的故事,但没有真正解释梅林究竟是谁。背景故事中的梅林是好是坏取决于情节要求。亚瑟王的故事非常受欢迎,甚至一部完全与此无关的电影只要在魔法装置上贴上"梅林创造"的标签,无需过多解释就能让读者理解和接受。这种影响很微妙,但又非常广泛。

也许最有影响力的电影改编是 1981 年上映的《黑暗时代》(*Excalibur*)。这部电影对马洛礼的故事稍作了改编,极具戏剧性和视觉冲击效果。《黑暗时代》也许塑造了许多人对亚瑟王传说的认知,它包含了亚瑟神话的许多定义性概念,如亚瑟的诞生、兰斯洛特和桂妮维亚之间的婚外情以及断钢圣剑的神秘起源。电影中还描绘了游荡骑士封锁桥梁或道路,挑战任何过路人来检验自身实力的场景。

亚瑟之死在《黑暗时代》中很有戏剧性。亚瑟被莫德雷德用矛刺穿后,他沿着矛柄奋力拖动自己的身体靠近敌人,想要将其击倒。电影的结局是断钢圣剑回到了湖中仙女手中,亚瑟的尸体被带到了阿瓦隆。

当《黑暗时代》试图以现代的方式重述马洛礼笔下的故事时,其他电影借用

右图:电影《黑暗时代》(*Excalibur*)沿袭了亚瑟王的暴力画面和骇人战斗场景的传统。在过去几个世纪里,虽然媒介发生了变化,但讲故事的风格被忠实地保留了下来。

上图：《第一武士》回归了最早的亚瑟王故事风格，没有神秘或超自然的元素，但除了几个角色之外，与原著几乎没有什么共同之处。

了亚瑟王神话的一些片段，并围绕它们构建了新故事。1995 年上映的《第一武士》（*First Knight*）就是这样的一部电影。它借鉴了兰斯洛特和桂妮维亚之间的婚外情，以及桂妮维亚被梅里根特绑架的情节，却讲述了一个全新的故事。电影中亚瑟被梅里根特的手下杀死，濒死时还祝福了兰斯洛特和桂妮维亚。没有武器的兰斯洛特拿起亚瑟的剑击败梅里根特的象征意义，与浪漫主义色彩的亚瑟王传奇相符，但影片除了借用一些名字和情节构想外，与亚瑟王神话没有什么关系。

1997 年的《勇敢王子》（*Prince Valiant*）是另一部借用亚瑟王的故事中几个人物角色的电影。效忠于摩根勒菲的维京人偷走了断钢圣剑，迫使一位年轻乡绅试图找回断钢圣剑。这可以是任何一把魔法剑，任何一个女巫和任何一群普通坏蛋，与亚瑟王的联系大概是试图利用亚瑟王传奇的受欢迎程度（愤世嫉俗者可能会说大赚一笔）。这种从亚瑟王故事中选取人物和事件的做法，是许多人对真实故事细节感到困惑的原因之一——好像这些细节还不够令人困惑似的。

其他电影则试图还原启发亚瑟王神话的真实故事。其中包括 2004 年的《亚瑟

上图：电影《黑暗时代》是将亚瑟王传奇的辉煌搬上银幕的最佳尝试之一。

王》（*King Arthur*），该影片把亚瑟描绘成一个罗马裔不列颠军官，在公元 467 年罗马人撤军后保卫他的人民。从历史上看，罗马的撤退早在影片背景时间的 50 年前就发生了，所以要想写出一个真实的故事似乎从一开始就站不住脚。影片大致基于亚瑟是罗马帝国部署到不列颠的萨尔马提亚骑兵首领这一情节展开，但却充满了时代错误。

现代流行文化中的亚瑟王

亚瑟王的故事永远不会消失。它植根于流行文化，而且亚瑟王的故事中的元素已经影响到其他故事，或直接被用于其他故事，远远超出了盔甲骑士的伪历史传奇。亚瑟传说还被嫁接到了现代甚至遥远未来的背景中，现代人穿越时空抵达亚瑟宫廷。"传说背后的真相"已经多次以纪录片和小说的形式呈现。故事是从不同的角度讲述的，还创作了续集和前传。

这些故事以各种可能的媒介讲述。当亚瑟王的故事第一次被写下来时，文字和戏剧是唯一的媒介，但随着漫画小说、电子游戏、动画、电影和电视剧成为可能，不可避免地，亚瑟传奇成为各种新媒介产物的主题。

以亚瑟为戏剧主题的传统一直延续到今天，围绕亚瑟的生活或故事中的人物（如梅林）所改编的音乐剧也纷纷出现。其中一些有点古怪，音乐剧《火腿骑士》（*Spamalot*）恶搞了英国六人喜剧团体巨蟒（Monty Python）的电影《巨蟒与圣杯》（*Monty Python and the Holy Grail*）中的亚瑟王故事，这部电影融合了与亚瑟王的故事无关的其他巨蟒电影的元素。要是蒙茅斯的杰弗里或托马斯·马洛礼看到自己的作品被如此对待，他们可能会发疯，跑到森林里变成野人……或者他们会认为这是一种赞美，证明他们的故事很受欢迎，甚至在几个世纪后还有人戏仿。

笔者在撰写本书时，新的亚瑟电影系列已经开始制作。目前已经计划拍摄共六部的系列电影，大概涵盖了整个亚瑟王传奇，可能还不止于此。亚瑟王的故事是有史以来最经久不衰的故事之一。其原因很复杂，必须要说的是亚瑟王的故事的确十分有趣。一位国王伸张正义、保卫人民的传说对每个人而言都很有意义，亚瑟及其同伴并不完美的事实也引起了共鸣。

亚瑟王的故事是有史以来最经久不衰的故事之一。

还有一个令人信服的想法，那就是一个倒下的英雄，也许有一天会在人们最需要他的时候回来。骑士人物性格鲜明，能直面敌人，向敌人宣战，无论胜算多小，他都不会退缩。在一个复杂而诡诈的世界里，亚瑟王的骑士团（大部分）是品格高尚和直率行为的典范。即使是坏人也信守诺言，通常也会公平地战斗。因此，在亚瑟的世界里，你有可能通过自己的努力获胜或落败，而不是在无奈妥协和半真半假的泥潭中挣扎。

也许我们都愿意相信，英勇的骑士会适时出现施以援助，也会仅仅因为有人请求就伸出援手。也许我们足够浪漫主义，相信英雄确实存在，但又足够现实主义，要求他们成为悲剧人物。如果是这样的话，那么亚瑟王的故事正好符合我们的需求。

无论出于什么原因，一个最初写于1136年的故事——很可能起源于更早的故事——至今仍然引人注目。在其中一个故事中，有一个情节是亚瑟告诉他的追随者，如果他们不能赢得这场战斗，如果他们所创造的一切都会为黑暗所吞噬，那么至少他们曾创造出一个如此光明的时刻，即使远在黑暗深处也能看到。

看来他是对的。

左图：音乐剧《火腿骑士》可能有点不敬，但如果对主题不熟悉，那就不搞笑了。在未来的许多年里，亚瑟王的故事将继续被重新构思、改写、重述，偶尔还会被戏仿。

图书在版编目（CIP）数据

亚瑟王与圆桌骑士 /（英）马丁·J.多尔蒂著；唐
馨明译. —广州：广东人民出版社，2024.4（2025.3重印）
书名原文：King Arthur
ISBN 978-7-218-17016-9

Ⅰ.①亚… Ⅱ.①马… ②唐… Ⅲ.①民间故事—文
学研究—英国 Ⅳ.①I561.077

中国国家版本馆CIP数据核字（2023）第195299号

YASEWANG YU YUANZHUO QISHI
亚瑟王与圆桌骑士
[英]马丁·J.多尔蒂 著 唐馨明 译

版权所有 翻印必究

出 版 人：肖风华

责任编辑：陈泽洪
责任技编：吴彦斌 马 健

出版发行：广东人民出版社
地 址：广州市越秀区大沙头四马路10号（邮政编码：510199）
电 话：（020）85716809（总编室）
传 真：（020）83289585
网 址：http://www.gdpph.com
印 刷：北京中科印刷有限公司
开 本：710毫米 × 1000毫米 1/16
印 张：14.5 字 数：240千
版 次：2024年4月第1版
印 次：2025年3月第2次印刷
定 价：78.00元

如发现印装质量问题，影响阅读，请与出版社（020-87712513）联系调换。
售书热线：（020）87717307

出品人：许 永
出版统筹：林园林
责任编辑：陈泽洪
特邀编辑：尹 璐
封面设计：墨 非
内文制作：张晓琳
印制总监：蒋 波
发行总监：田峰峥

发　　行：北京创美汇品图书有限公司
发行热线：010-59799930
投稿信箱：cmsdbj@163.com

创美工厂
官方微博

创美工厂
微信公众号

小美读书会
公众号

小美读书会
读者群